ふわふわ

谷川俊太郎
工藤直子

スイッチ・パブリッシング

目次

ちっちゃな「グー」　工藤直子　6
ナオコマンダラ　谷川俊太郎　8
対談Ｉ　子ども・ことば・いのち　11
エッセイ　ギンギラの光と影　工藤直子　104
対談Ⅱ　子どもの宇宙　107
エッセイ　あや子ちゃん　谷川俊太郎　158
対談Ⅲ　大岡信のこと　161
エッセイ　ニコニコ・グワシグワシ　工藤直子　228

対談Ⅳ　第一の他人　231
エッセイ　年輪　谷川俊太郎　296
対談Ⅴ　ふわふわが好き　299
谷川さんへの詩三編　工藤直子　368
対談を終えて　谷川俊太郎　374
収録詩リスト　376

装画　安西水丸
装丁　宮古美智代
編集　市河紀子

ふわふわ

ちっちゃな「グー」

工藤直子

谷川さんに初めてお会いしたのは、一九八〇年代の初めごろでした。以来、いろんな形でお目にかかりました。この対談の、最初は二〇〇一年、最新は二〇一八年です。わたし六十五歳～八十二歳。

対談のあいだじゅう、(谷川さんって「風」だよね) と思っていました。気配が消える無風状態を感じたり、微風を浴びていい気持ちになったり、つむじ風に吹かれて浮かれたりしました。ときどき突風がきて、コケたりもしました。

子どものころから奥のほうに、コロンとしたわたしがいて、変わっていない気がします(たぶん、どなたもそうで、それが、そのひとの「気質」みたいなもんじゃないかしら)。対談のあいだじゅう、風を浴びながら、その「コロン」にさわっていた気がします。で、気がついたのは、わたしは、「短いことば」や、「一瞬の記憶」がすきなのだ、ということでした。

たとえば谷川さんが、子どものころ出会った一瞬の映像「ニセアカシアの木」の話をされたとき（ああ ああ）と、自分の「一瞬の記憶——夕日」と重ね合わせ、わたしは、ちっちゃなグーでした。自分のなかの「コロン」に、ぽっと日が射す感じです。それは虹をみたときなど（人生わるくない）と思う、あの感じです。

また谷川さんが大岡信さんのことを書かれた詩「微醺《びくん》をおびて」を朗読されたときも、ちっちゃなグーでした。「おおおかぁ」……長い詩のなかの、「おおおかぁ」という短いことば。きっと、わたしはそのとき、そのことばの奥にあるものを、浴びたんだと思います。「ふわふわ」の話、「たましい」や「死」の話など、それはもう、ちびグーの連続でした。

谷川さんの詩やことばからもらう「おおきなグー」は、たくさんありますが、この対談を読んでくださるあなたのなかに、ちっちゃなグーが生まれたら嬉しいです。

この対談を読んでいるとき、ながい「時間」の海を漕《こ》いでわたっているきもちでした。

ナオコマンダラ

谷川俊太郎

ナオコ　人間の女が似合ってないと思う
名前通り直《じか》のいのちが好きだから　直子
にじになったりへびになったりしているけど
それはヒトが発明した言葉のおかげ
でも本物の生きものに比べれば
コトバはどうしても嘘だから
ナオコ　書くとやましくて嬉しくて
恥ずかしくてニマニマ照れ笑い

ナオコ　いっぱい会ってきたけど
まだ会いたくて　誰かに
まだ会いたくて　何かに
会うだけでいいんだ
ナオコ　気持ちでハグすると
コトバが空へふわふわ浮かんでいって
意味がいろんな形の雲になる
その雲もあの雲も詩にそっくり

「ぼくをほっといてくれ、というのは、ありますね」
「わたしみたいな子が、そういう子を追っかけ回していたんだろうね」

対談Ⅰ

子ども・ことば・いのち

アナログ、デジタル

谷川　きょうは何のお話、するんですか。

工藤　すべて谷川さんにおまかせいたします（笑）。

谷川　さっき控え室でお話していたんですけれど、意外なことに工藤さんは、コンピュータ・クレイジーで、ＶＡＩＯ[1]はあるわ、キューブ[2]はあるわ、カラーコピー機まであるっていう話を聞いて驚倒してたんですけれど。実際に扱うのはあんまりお得意じゃなくて、ほとんどが買ったままで箱に入っているとか（笑）。

工藤　いきなりバラさないでください。

谷川　いや、そういうデジタルな物には弱い人、ってみんな思ってるんじゃないかと思ってね。ホームページは四年もやってたわけでしょう。

工藤　そうです。

谷川　それを今度ついに閉じる、と。

工藤　あらたなるパソコンの世界に深く分け入るために、お勉強期間を。

谷川　さっき伺ってたら『のはらうた』を自分でCGでアニメにして公開するという、遠大な計画でしたよね。

工藤　なんか、話が微妙にゆれて変化しているなあ、金魚のヒレみたいに（笑）。

谷川　少し大げさにしないと、おもしろくないから。でもそう言ってたよね？　粘土を使った立体アニメをやりたい、って。

工藤　やりたいんですよ。デジタルの道具を使って、ものすごくアナログなことをするっていうのがおもしろいなあ、と思って。

谷川　はあ、高級な発想ですよね。アナログはデジタルにしなくても、アナログのままでいいんじゃないかと思いますけど（笑）。

工藤　でも粘土が動くために、こうなってるのが次はこう……とやるのは、やっぱりデジタルの力でしょ？

谷川　いや、そんなの、フィルムで撮ったって撮れますよ。ふふ。

1　ソニー製（当時）のノートパソコン　2　アップルの立方体型のパソコン

工藤　要するにあたし、あんまりよくわからないんだ（笑）……ね？

谷川　そうだと思うけど（笑）。

最初の本・ネズミの遠足

谷川　きょうは、文学館の方が、ちゃんと話の筋道を立ててくださっているんです。子ども時代にどういう絵本を読んでいたか、どういうお話が好きだったか、というところから、始めたいと思います。

工藤　はい。……だれから？　わたしから？

谷川　もちろん。だって、こういうとき、どうしても仕切る側に回ってしまう悪い癖があるんですよ。

工藤　うれしいな。わたし、「仕切りの直子」って呼ばれて、いつも「きょうはわたし、おとなしくしてるから」って言うんですけど、いっしょに出る人たちが「んなこと言って、舞台に出たらまた五分の四は直ちゃんがしゃべるんでしょ」って言うんです。でも谷川さんだと、仕切られてちょっとうれしいです（笑）。
最初の絵本の記憶は、たぶん四歳前後だったと思うんですけれど、昭和十四、五年ですから、谷川さんは多少お兄さんでしょ？　そのころって、講談社の絵本と、「キンダーブック」[3]……けっこう薄っぺらでしたよね？　あれは月刊誌なんですか。
谷川　だったような気がする。「キンダーブック」って、幼稚園で取ってて、配られたような記憶があるんですよね。
工藤　わたしは、親の仕事関係で台湾に行ってたので、台湾で生まれ育ちました。六人きょうだいの末っ子で、いちばん上と二十歳離れてるんです。親子くらい。母ちゃんは、一、二、三、四、五と、トントントンと一年おきくらいに産んで、「はあ、子どもはこれで終わり！　これからはわたしの好きなことをやる」と、夢中で、長唄、三味線を始めたんだそうです。ところが七年後に、直子がポコッと。
谷川　それはなにかの間違いだったんですか。

3　一九二七（昭和二）年、「観察絵本キンダーブック」（フレーベル館）として誕生

工藤　間違いだったようです（笑）。
谷川　ぼくも間違いでできた子どもなんです、うん。
工藤　じゃあ、間違いだらけ。それで、母ちゃんは「やれやれ、あとひとりだ」と。そして、直子一歳十か月で母ちゃんは亡くなりました。だから、まったく記憶がなくて。上のきょうだいたちはすでに働き始めてたり、学校の寄宿舎に入ってたりで、物心ついたときには、ひとりなんです。だから谷川さんと同じように、ひとりっ子的な感覚があって……。
　家の中に、子どもの本が何もなかったんです。母親はいないし。
谷川　そうかそうか。上は大きいし。
工藤　そう。だから「主婦之友」[4]とか（笑）。それから、どこの家にもあったような「美術全集」とか「文学全集」とかを眺めていました。
　そういう中で一冊だけペラッと、たぶんその「キンダーブック」がありまして。まわりのおとながわたしに、ひらがなさえ教えておけば、ひとり遊びができると、「キンダーブック」で、ひらがなやカタカナを教えたらしい。あとで見ると、覚えた文字には丸がついていました。どうも、二歳くらいからやらせてたみたい。だから、ひらがなとカタカナはたどれた。

その本で印象に残っているのは、字のない場面です。「ネズミの遠足」というタイトルで、見開きの画面に、何十というネズミの家族が、丘の上で、お弁当食べたり、鬼ごっこしてたり……。百匹はいたなあ。それを、ずーっと一匹ずつ見てたの。

谷川 なんかネクラな子だねえ(笑)。『ウォーリーをさがせ!』[5]ってあったじゃない?

工藤 あんなふうな絵ですね。それを、ひとつひとつ丁寧に見るから、だいたいそれで一日くらい……。

谷川 お母さんいなくて淋しいとか、お姉さんがいなくて淋しいとか?

工藤 淋しい、という思い方はなかったですね。

谷川 中国人の阿媽《あま》[6]は?

4 一九一七(大正六)年創刊の女性向け月刊誌。主婦の友社　5 マーティン・ハンドフォード作・絵、フレーベル館、一九八七年　6 現地のお手伝いさん

工藤　いました。台湾語の流行歌を教えてもらったりしました。
谷川　つまり、お母さんに絵本を読んでもらって寝ついたとか、そういうことは？
工藤　ああ、まったくないです。谷川さんは？

最初の本・図鑑絵本、漫画

谷川　ないんですよね。うちはひとりっ子で母親に溺愛されてたけれど、どうも思い出してみると、本を読んでもらった記憶はないから、少なくともあんまり読んでもらってないと思うんですね。ひとりで、「キンダーブック」を広げてた。
　字がいつ読めたのか覚えてないんだけど、ぼくはだいたい、物語絵本よりも図鑑絵本が好きだから、自動車の図鑑絵本なんかを見て、間違いを探すのが好きだったの（笑）。
工藤　どういう間違い？
谷川　この車のフェンダーはこういう格好してないのに、この絵描きは間違えて描いてる、とか、そういうのを発見して喜ぶ。うちは大学教授だから、やたら本があって、好きな本抜いて読めたんですけど、やっぱり子どもの絵本はあんまりなくて。自分の本は、母親にねだるしかなかったですね。

小学校に入ると、当時は「のらくろ」[7]全盛時代で、全巻揃えてもらうとか……。そういう漫画は、どうでした？

工藤 あ、「のらくろ」覚えています。漫画は「主婦之友」に載ったものが好きでした。

谷川 「主婦之友」に、当時、漫画なんか載ってたの？

工藤 あります。杉浦幸雄《ゆきお》の「花嫁ハナ子さん」。

谷川 それ、おとな向きじゃないですか。

工藤 でも漫画ですもん。それから新聞の、横山隆一の「フクちゃん」[8]。

谷川 連載だったよね。

7　田河水泡作の漫画　8　一九三六年朝日新聞で連載開始。当初「養子のフクちゃん」というタイトルだった

工藤　台湾で見ていたから「寒さ」がわからない。冬、主人公のフクちゃんが、銭湯に行って帰ってくるときに、タオルを振り回してたら、ピンと凍って立ったというシーンがあって、それがどうしてもわからなくて、「なんでだー？」と思いながら見てた。

イソップは嫌い

谷川　もうちょっと大きくなってくると、お姉さんかお兄さんが、子どもの本、買ってくれたりしたわけ？
工藤　ええと、グリムとか、アンデルセン、小川未明、イソップなどです。
　イソップは嫌いでした。
谷川　どうして？
工藤　納得いかない。
「アリとキリギリス」読んだら、「なんでやー？」って思って（笑）。

谷川　幼な心に？　「梅檀《せんだん》は双葉より芳《かんば》し」。

工藤　キリギリスがかわいそうやんけー、って感じ。……なんで大阪弁になるんだろ？（笑）

谷川　なるほど。ちゃんと批評精神があったんだ！　ぼくなんか全然そういうのなくて、すべて受け入れて「なるほどなあ」って思ってたけどね。「やっぱり働かなきゃいけないんだなあ、人間は」みたいな（笑）。

工藤　ツルとキツネが、[9]スープ皿と壺で、いじわるごっこするでしょ？　「なんでやー、飲ましたれやー」（笑）って思う。

谷川　いやあ、恐ろしいねえ。おとなになってもおんなじ性格だよね（笑）。

工藤　あと、お話を自分で作り変えてました。たとえば、イソップで、犬がおいしい肉を口にくわえていて、川の上で「ワン！　おれのだ」と言って落とす。「ばかやなあ、こうすればいいんや」と、そこはただ通り過ぎるとか（笑）、川をのぞか

9　「狐と鶴のご馳走」狐は、平たい皿のスープを鶴に、鶴は、細長い首のつぼに入れたスープをご馳走する

ないとかね。いろいろ話の筋を変えて、なんとかハッピーエンドにもちこみたい。
谷川　ハッピーエンドが好きなんだ。
工藤　好きですね。
谷川　じゃあグリム童話なんて……。
工藤　だめなんです。継母のところが。「ヘンゼルとグレーテル」なんて、どうしたらいいかよく考えました。
谷川　それ、やっぱり、自分が不幸だって、無意識に思ってたのかね？
工藤　不幸感はないんです。のびのび生きてました。大好きな父ちゃんといっしょですから。父親というのは基本的におまえは元気に生きてりゃいい、と。
谷川　まあ、そういうところはあるね。
工藤　元気に生きてりゃいい、という人とずっといたから、服が汚れようが乱暴でいようが、ＯＫなんです。だからのびのびしてた。

ツバメとスズメ、インドの神さま

谷川　なるほどね。お父さんはいっしょに遊んでくれたりしたわけ？

工藤　はい。とくに散歩です。「父ちゃん」といえば散歩。

谷川　散歩の道みち、いろいろ教えを垂れたとか？

工藤　笑わせてくれる。

谷川　あ、そういうお父さん？

工藤　ええ。落語的お話をしてくれる父ちゃん。

谷川　いい父親ですねえ。

工藤　定番がありました。父親のちいさいころの失敗話とか、初恋のひとに振られた話とか。「父ちゃん父ちゃん、あの話して」って聞くとしゃべってくれるの。父ちゃんの口調も憶えてます。

谷川　ちょっとやってみて。

工藤　（子どもの声で）「父ちゃん父ちゃん、ツバメとスズメの話して」。

（父親らしく）「おう。ツバメとスズメはのう、昔は兄弟だったんじゃ。スズメはのう、よう働いてのう、せっせせっせと働き者で地味な服、着ておったんじゃが、ツバメのほうは」ツバメのほうが妹だったような気がする、「なんもせんとおしゃればっかしておったんじゃ。ところがあるとき、そのきょうだいの母さんが危篤になった。スズメはとるものもとりあえず大急ぎで、着物も着替えず飛んでった。そのときに、あんまり慌ててたから、お歯黒を間違えてほっぺたにつけてしもうた。じゃからいまでもスズメのほっぺたは黒いんじゃ。ツバメのほうは『あ、では行かなくちゃ』と」、このへんはわたしのノリが入ってますけど（笑）、「ほっぺたも赤くしてちゃんとおしゃれをして行ったから、おっかさんの死に目に会えんかった。それを見とった神さまが、『スズメ、おまえは親孝行もんじゃ。これからは、おいしいお米をたくさんたらふく食べなさい』スズメはお米を食べるようになる。『ツバメ、おまえはおしゃればっかりして、これからは、土とか虫とかばっかり食ってなさい』ツバメは土をこねて巣を作るでしょ？　そして虫ばっかり食べる。「じゃから、いまでもほれ、聞いちみれ。ツバメの鳴き声を聞いちみれ。♪土くって虫くってあとくちシーブィ」（笑）。
だから、いまでもツバメの鳴き声を聞くと、「♪ツチクテムシクテアトクチシーブィ！」って聞こえる。

谷川　ああそう。そのときはどっちの味方したの？　ツバメ、かわいそうじゃない。

工藤　そう思った。

谷川　でしょう？　わたしは将来ツバメになろうとか、思わなかった？

工藤　ツバメに同情してた（笑）。
子どものころ、ショックだった話があります。インド神話らしいんです。ウサギとサルとキツネなどがいた森に、よぼよぼの行き倒れふうのおじいさんがきたんです。動物たちは自分の体力に合った、たとえば果物を取ってくるとかして一生懸命もてなしたんだって。みんなが「はい、おじいさん」ってさしだしたら、ひとり、なんもできないのがいて、ウサギなんです。
みんながウサギを「おまえはどうする」という目で見るんだって。ウサギは、「みなさん、焚《た》き火を作ってください」て言って。それで焚き火がゴンゴンと燃えたら「わたくしは何もあげるものがございませんので、わたくしの身体をあげます。おじいさん、わたしを食べてください」とピョンって焚き火に飛びこむ。飛びこんだとたんに、よぼよぼのおじいさんがすっくと立ち上がって、神々しい神さまの姿になってウサギを抱いて「わしはおまえの親切がいちばん好きじゃ」と月へ連れていった[10]、というんです。

それをチビのころ読んでショックでね、「神さまに抱っこされるには、死ななきゃならんの?」(笑)って。

谷川 非常に論理的だねえ。

工藤 どうしよう、これは問題だわ、と思った。

谷川 お宅、アルス児童文庫[11]、なかった? ぼくはその話、両方ともアルス児童文庫で読んだような気がするんです。

工藤 アルスって、背中が四角いやつ?

谷川 そう。何十巻も揃っていて。インドの説話とか。

工藤 あった気がする。それか! どこで見たのかわかんなかった。

谷川　うちは、「のらくろ」とか「冒険ダン吉」[12]とか、長じては少年講談とかをぼくはねだってて、親は教育的な本をあまり与えなくて、それは助かってたんだけど。ある日突然、アルス児童文庫全巻がうちにきたんです。それが古本なもんだから、すぐに母親がひなたで干している、日光消毒とか言って（笑）。それでしばらく読めなかったんだけど。それを小学生のころに、好きなのを勝手に抜き出して読んでいて、その中にすでに北原白秋とか竹久夢二の「まざあ・ぐうす」とかあったんですよ。

当時としてはすごいモダンな児童文庫で、インドの話もツバメとスズメの話も、たぶんそこで読んだ記憶がある。

工藤　へえ、そうなんだ。じゃあうちには、全冊じゃなくて、二、三冊あったのか

10　月にウサギがいる理由を語る伝説。インドの「ジャータカ」説話のほか、日本の『今昔物語集』にも収められている。手塚治虫の「ブッダ」にも描かれている　11　アルス（ARS）は一九一七（大正六）年、北原白秋の弟・鉄雄が創立した出版社。一九二七（昭和二）年から三十（昭和五）年にかけて「日本児童文庫」シリーズを刊行。全七十六巻、恩地孝四郎装幀　12　島田啓三作の漫画

なあ？　あとは、野上弥生子さんが訳された、そのころはそれしかなかったと思うんですけど、『ギリシャ神話』。

谷川　『ギリシャ・ローマ神話』[13]、ブルフィンチのね。

工藤　あれが好きで好きで好きで。

谷川　ああそう！

工藤　繰り返し読んで読んで読んで。

谷川　アンデルセンなんか読まなかった？

工藤　あんまり好きじゃなかった。

谷川　うちは、野上弥生子さんは夏のあいだ隣人だったから、赤んぼのころから「野上のおばさん」は知ってて、本なんてくれたりするんですよね。『小さき生きもの』[14]が、たぶんぼくがいちばん最初に人からもらった本だと思う。いま考えるとたぶん野上さんが翻訳したんだと思うけど、原作者もわかんなくて、挿絵はポッターとか有名な人だったと思うんだけど、当時は原作者の名前がないので、オリジナルはわからない。それが、ウサギの家族の話で、いかにも昔ふうの、繰り返しが多い文体で、もうつまんなくてしょうがないわけよ。男の子だから。自動車のほうがおもしろいから。つまんないくせに、近くにあるからしょうがないから読んでる、という感じで。

それからブルフィンチの『ギリシャ・ローマ神話』も確かに読んだけど。そうね、ぼくも好きは好きだったけど、うーん。

工藤　日本神話もありましたよね？

谷川　あったと思う。

工藤　あれも繰り返し読みました。残酷なところもちゃんと入ってた。

石ころ、ニセアカシア

谷川　そうね。そのころから書くのが好きだった？

13　トマス・ブルフィンチ作、野上弥生子訳、岩波文庫、一九二七年（初刊は「傳説の時代　神々と英雄の物語」尚文堂、一九一三年）14　岩波書店、一九二八年

工藤　書きませんでした、読むだけで。本を読むより、ほとんどの時間、外で遊んでいました。しゃがんで牛の目、じっと見ていたり（笑）。とりわけ楽しみだったのが、石ころ拾うことでした。

ある時期、四、五歳のころ、ちいさな石を探すのに夢中でした。河原とか砂利道に行ってしゃがんで、自分の周りから好きなのを拾っていって、手にいっぱいになったら、その中からいちばん好きなのだけを一個残して、次に進むの。つまり、ここにある全部の石の中から、あたしがいちばん好きなのはどーれだ、という遊びなんですね。ひとりでやってました。夕方くらいまでやって、きょうは終わってこの石、というのを持って帰って。次の日その続きを……。

あるとき、一生懸命がんがん陽が照ってる中で汗流してしゃがんでやってて、ふっと目をあげたら目の前が一面の石なんですね。そのときに、言葉にはならないけれども、一生かかってもいちばん好きな石には出会えない、と思ったの。

谷川　なんか深いお話ですね。

工藤　いやいや（笑）。四、五歳のころって、ある種の「永遠」を、なんらかの形で感じとるときがあると思うんです。

谷川 そうですね。

工藤 それがどうも、わたしにとっては、その石集めの「ある瞬間」だったような……。なぜか知らないけれど、「世界」というものがあって、あっちこっちにたくさんの石があって、わたしはとうていそれを探しきれない……と、絶望的に悲しかったのを覚えてます。

谷川 それが四、五歳。早いね、けっこう。

工藤 四、五歳ころに経験する子ども、いるんじゃないかなあ。

谷川 ぼくが覚えているのは、小学校になってからで、二年とか三年だったと思うんだけど。

隣のうちに大きなニセアカシア[15]の木があって、朝起きて、そこに朝日が当たってたのを見た瞬間に、いままで日常生活の中で怒ったり泣いたり笑ったりしてたのと

15　北米原産の落葉高木

は全然別のこころの状態になったのを覚えている。

いまから考えると、あれはポエジーを感じたんだと思うんだけど。そしてそれを日記に書いたりしてたんです。そのときがそういう感覚の目覚めかな、という気がするんですけどね。

その前っていうのは、ぼくはだいたいすごい母親っ子だったから、母親を失う恐怖だけで生きていたっていう感じ。工藤さんみたいにひとりで自立していなかったと思う。もうべったり母親にくっついていた。

死ぬのが怖い

工藤　わたしは同じころに、死ぬのが怖いってのが。

谷川　そう言ってたね。それ、このあいだ聞いて意外だったんだ。工藤さんって、死ぬのが全然怖くない人だと思いこんでた。死んだってどうせミミズになれると思ってる、と思ってたら、いまでも怖いんだってね。

工藤　いまでも怖い。リアルな「怖さ」は、こういう場では、つまり大勢の中にいたりすると、その感覚はこないんです。とんでもない瞬間にバッとくる。

谷川　ああ、そういうもんだよね。

ぼくは前に河合隼雄[16]さんと話したときに、河合さんもちいさいころ自分が死ぬのが怖いと言ってて、ぼくは自分が死ぬのよりも、母親が死ぬのが怖い。その違いがすごくおもしろい、という話になったんです。

工藤　わたしも読んだんです。『魂にメスはいらない』[17]、谷川さんと河合さんの対談の冒頭にあって「おおっ」と思ったのをよく覚えています。

谷川　ぼく、キリスト教系の幼稚園に行ったんですよね。幼稚園でけっこう、天国と地獄を教えるんですよ。いま考えると恐ろしいんだけど。大きい掛け図があってね、天使がいて、秤《はかり》を持ってるんですよ。かたっぽのお皿は赤くて、かたっぽが青くて、死ぬと天使の前に行かなきゃいけない。赤いほうはいいこと、青いほうは悪

16　心理学者、一九二八〜二〇〇七年　17　朝日出版社、一九七九年／講談社＋α文庫、一九九三年

いことで、おまえが一生のあいだにしたことがそこに乗って、もし青いほうが下がったら地獄行きだ、って言われたとき、すごい怖かったよね。

工藤　あはは、それはありますね。

谷川　そう。そのへんからぼく、いい人になっちゃったみたい（笑）。それは永遠といっても、一種、意識的な感じ方なんですよね。お日様がニセアカシアにあたってて感動したという気持ちとは全然違って、もうちょっと理詰めの、永遠とか死ぬってことなんだけど。でも、幼稚園は、行ったの？

工藤　長期欠席で。あとから聞くと、どうも行ったのは最初の一か月とかで。そのときは、すでに就職して女学校に勤めていた二番目の姉のところに寄宿していたんです。幼稚園に行くよりも、お姉ちゃんにくっついてって女学校のほうに行ってウロウロ校庭で遊んでいるほうがおもしろいんですね。

だから、幼稚園の記憶はブランコだけです。ブランコってたぶん、あのとき珍しかったんだと思うけれど、幼稚園生が並んで漕ぐ順番を待ってるんです。何回か漕いだら次の人に譲るんですけど、なぜか女の子のあいだで、そのとき流行っていたのは、ワンピースの裾をブランコの腰かけにたたみこまずに、後ろに垂らすんです。それで漕ぐんです。そうするとその裾が、下の土をほうきのように掃くんです。女の子たちが何人か繰り返すうちに、ブランコの下だけ、つるんつるんにきれいになるんです。それがうれしくてうれしくて。裾を泥だらけにして。そういう楽しい思い出だけ。

谷川　そういうことは、作品の中に出てきます？

工藤　出てます。この『こどものころにみた空は』に。

谷川　ちょっと読んでみてくださいよ。

ぶらんこ

さいしょに　ゆりちゃんが　ぶらんこしました
ゆりちゃんは　ようふくを　おしりのしたに　しいて
そよそよ　のりました

わたしは　ようふくを　ひろげてのると
かぜが　すかすか　きもちがいいのにと　おもいました
ゆりちゃんは　おにんぎょうのように　わらって
ぶらんこから　おりました
つぎに　そうちゃんが　のりました
そうちゃんがのると
ぶらんこは　ぎこんぎこんと　うるさいのです
つぎは　わたしなので　かおが　わらえてきました
ゆれている　ぶらんこを　おいかけて　つかみました
いち　にの　さんで　ぶらんこを　こいで
あしを　まげたり　のばしたりしますと
ぶらんこが　どんどん　たかくなります
かぜが　まえと　うしろから　ふきます
すかーとが　うみの　なみみたいです

ゆりちゃんも　そうちゃんも　ちいさくなりました

（工藤直子『こどものころにみた空は』所収、理論社）

工藤　スカートで掃くところは書いてなかった（笑）。

谷川　私小説的な詩なんですね。実体験に根ざしてる。

工藤　この本は、わたし自身のや、友だちから聞いた話などを元にして書きました。ちいさい子がとつぜん泣いたり、しーんとしたりしてたら、もしかしたら何かを感じてるんじゃないかと思うことがよくあります。あまりバカにできないぞ、っていう気がして。「何やってんの！」とはウカウカ言えないです。「早くしなさいっ」とは言えない。

谷川　そうやって息子を育ててきたわけね。それでうまく行ったわけですね？

工藤　いまんとこね。

谷川　もう大丈夫でしょう！　もう責任ないでしょう。

ホッサテキ

工藤 わかんないよ。でもわたし、最初から息子[18]には言ったんです。「すまないけど、しつけとおこづかいは発作的にするからね」って（笑）。息子が四歳のときに。

谷川 息子、それ、理解したかね？

工藤 「ホッサテキってナニ？」って聞いたから「発作的というのはわたしの都合で、やったりやらなかったりすること」って言ったの。だって、しつけしようと思っても、わたし自身のしつけが、なってない。すまないけど、わたしがやれることだけにさせてもらう、って言って、二つだけにしたんです。「クチャ食いしない」と「ヒジつかない」。ごはんはいっしょに食べてるから、両方見える。

谷川 クチャ食いっていうのは、クチャクチャと口を開けて噛《か》むようなこと？

工藤 そう、音が出る噛み方。ただ単純にわたしが耳ざわりだから。それからヒジつくのは、いいか悪いかよりも、好みです。あとは、言いたいときと忘れちゃって言わないときといろいろある、っていうふうに。

おこづかいも、わたしがうれしくて、収入もあったりしてルンルンしているときは、たくさんあげるって言ったんです。そして、貧乏してるときは、おこづかいもなくなる、って。

中学生くらいまで、なにかすると息子には、「それ、発作的?」と聞かれてた(笑)。いい母親は無理だと思ったので、最初から旗あげて降参して。

谷川 でもそれが結果的に、いい母親であるということはありえますよね。

工藤 そういう場合もあったかもしれません。でも、のれんに腕押しみたいなところがあったらしくて、友だちに「おまえのかあさん、いいなあ。おまえに、あれせいこれせいって言わねえじゃねえか」って言われると、息子は「いやあ、自分でやるっていうのも大変だよ」(笑)って言ってましたよ。

谷川 そりゃそうだよね。でも自分で決めたから、すごく自立が早いってことはあるよね。頼らないというか、頼れないわけだから。

18 松本大洋。漫画家、一九六七年〜。谷川俊太郎との絵本に『かないくん』(東京糸井重里事務所)がある

工藤　反面教師にしてます、わたくしのこと。
谷川さんも子どものころの詩を読んでください。

ぼくをほっといてくれ

谷川　ぼくは、自分の子どものころをモデルにしたのはあるけど、もっとフィクションというか、作っちゃってますよね。ないんじゃないかな。強いて言えば、この『ひとり』という絵本、知ってたっけ？　ちいさな出版社から出て、あんまりみんな読んでくれてない。
自分のことを書いてるつもりじゃないんだけど、書いてたら、たぶん子どものころの自分が基本にある。ひとりっ子の気持ちがあるような気がする。ほんとは絵を見てもらったほうがいいんだけど。この絵本のシリーズは、ほかに『おばあちゃん』『せんそうごっこ』があるんですけど、ふつうの出版社では出せないようなアクチュアルな絵本を作ろう、かわいい絵本じゃないのを作ろうというんでやったなかの一つなんです。

ひとり

ぼくは　ひとりで　いるのが　すき。
せんせいは　ともだちと　あそびなさいと　いうけれど、
ともだちは　ぼくを　いじめる。

谷川　ぼくも小学校のころ、いじめられてたんですよね。だけどいじめられていることが理解できなかったんです。ひとりっ子は、ほら、きょうだいゲンカもしたことがないから。だから、この子はなんでぼくを叩《たた》くのかしら？みたいな（笑）。

工藤　おっとりしてるね！

谷川　泣きもしないし、相手に摑《つか》みかかるということも知らないわけです。

おとうさんは　おとこのこなら　つよくなれと　いうけれど、
ぼくは　けんかなんか　したくない。
おかあさんは　みんなと　なかよくしろと　いうけれど、
ぼくは　ぼくだ　みんなと　ちがう。

谷川　こういうの、あったみたいね、子どものころから。「ぼくはぼくだ、ほっといてほしい」みたいなのが。

工藤　ありそうです。俊太郎少年には。

これは　ぼくのて。
これは　ぼくの　かお、
なまえは　よしお。
あのこも　よしお
でも　おんなじなのは　なまえだけ。

ぼくという　にんげんは
ひとりしか　いない。

谷川　この絵、すごいでしょう？　三輪滋さんのこの絵（お母さんの胎内にいる）が出てきたときは、ほんと、びっくりしましたね。こういうテキストにこういう絵がつく、ということで、これは成り立っているんだけど。

ひとりでも　ぼくは　ひとりぼっちじゃない。
ぼくは　とんぼと　ともだち、
かぜと　ともだち、
そらと　ともだち、
ほしと　ともだち、

谷川　ここらへんはちょっときれいごとで。ぼくちいさいころは、こういうことはあんまり考えてませんでしたね。うちの裏はすぐ田んぼで、確かに外で遊んでて、どじょう取ったりとかやってたけど、工藤さんほど、自然に親近感はなかったような気がする。男の子だっていうのもあるのかもしれないですね。

うらしまたろうも　ぼくの　ともだち。

谷川　日本のおとぎ話なんて読んだ?

工藤　読んでました。そしてやっぱり書きかえをしていました、頭の中で。「玉手箱を開けるな!」とかね（笑）。

谷川　成り立たないじゃない!　そのへんから仕切るクセがついてるわけね（笑）。

ぼくの　みるゆめを　だれも　しらない。
みんなの　じゃまを　しなければ、
ひとりで　いたって　いいじゃないか。

ぼくを　ほっといて　くれ！

（谷川俊太郎『ひとり』ばるん舎）

谷川　「ぼくをほっといてくれ」というのは、なんかありますよね。どうも、どこかこころの底に。

工藤　そうか。わたしみたいな乱暴な子が追っかけ回してたんだろうね、俊太郎ちゃんみたいな「ほっといてくれ」な子を（笑）。

谷川　そんなことはなかった。ただぼくは、小学校は杉並区の、自分ちのすぐ裏でくは附属に入るのに、メンタルテストを受けたんですよ。それがヤな雰囲気でね。薄暗い地下室みたいなところにすわらされて、女の人が積み木みたいなもの出して「おんなじ形を集めなさい」とか、すごいバカにしたようなことやるわけ（笑）。その、テストされるってことが、ものすごいヤだったね。そのころから学校嫌いになったんじゃないかと思う、潜在意識的に。

ところが、うちの父は、ぼくがひとりっ子でどっちかというと友だちもいないわけでしょ、近所のいたずら小僧ところげまわって遊ばせたほうがいい、という主義で、父のお陰で、杉並第二小学校に入ったんですよ。当時、昭和十年代は、新聞記者とか、うちみたいに大学教授とかホワイトカラーもいるし、土地の農民とか地主の子とかブルーカラーもいたわけ。子どもの服装がいろいろあって。スカートや半ズボンが短いのは、だいたい都会っ子、長いのは田舎っ子。

ぼくはやっぱり、自分と同類の、ちょっとアカぬけた女の子が好きになるわけだけど（笑）、ぼくのことを好きになったのは、小野さんという子。ハナ垂らしてて、だぶだぶのセーターがほころびてて、それがやたら手ににぎりたがる（笑）。というのは、背の高さが似てたから、近いところにいるわけです。ぼくは都会的なほうが好きなんだけど、その子と、いやいや手をにぎってたのね。子どものころって、人間見る目がないらしくて、ぼく、あとになってよく考えてみたら、ぼくが憧れていた子よりも、小野さんのほうが、人間的にははるかにいい子だったことがよくわかりましたね。後悔したんだけど（笑）。そういう学校でしたね。

そうちゃん

工藤　なるほど。わたしの場合、仲よしは、小学校に上がる前。父親との、不自由だけども愉快なふたり暮らしのころ。一つ下のそういちろうくんという男の子を、こき使って遊んでました（笑）。わたしが親分で。四、五歳で、一歳違うと大きいです。また、そうちゃんがわたしに懐いていてね。

谷川　なぜでしょうね。なんで懐くんでしょう？

工藤　「親分！」ていう感じですよ。遊びはみなわたしが決める。流行った遊びの一つが、ごっこ遊び。どっちかが人間で、その人間のペットにしたいものに、もうかたっぽがなるんです（笑）。「きょうはそうちゃん、犬ね」とか「きょうはネコね」、「きょうはトンボね」とか。そしたら、そのまんまで「ワン」とか「ごろにゃん」とか、「お手」「おすわり」とか。

谷川　常にあなたが人間の主人で。

工藤　一応、建前は交代制なんです。「まず、直ちゃんが人間ね、そうちゃんはきょうは犬ね」と言うと、そうちゃんは「うん！」と言って、一生懸命「ワン」とか「はっはっはっ」とかやるわけです。そうちゃんとしては「さあ、次は今度はぼくが人間で、直ちゃんを何にしてやろうかなあ」と思ってきた顔だな、とわかったあたりで「あ、飽きたからやめよう」（笑）。「ほかのことしよう」とか気を変えるんですね。そうすると、そうちゃんは、一歳下だから、「おやつにしよう」なんて言うと、ヒョイって切り替わっちゃうわけです。「うん、そうしようそうしよう」なんて言って。何回もやって、わたしは一度もほかのにはならなかった。

それで、とうとうあるとき、そうちゃんが怒りだしまして、さすがにわかったんですね、「うえ～んっ」と言って泣きだしたんですよ。「直ちゃんはズルイ～」って。涙と鼻水垂らして、わーわー泣いて、彼が一生懸命叫んでるのを「何それ？　何言ってんだ？」と思って聞いてたら……。

谷川　全然同情がないわけ？

工藤　ない（笑）。五歳の女の子っていったら、残酷なもんですよ。

谷川　うん、いまでも残酷だと思うけど（笑）。

工藤　「もーてーぎー」って言って泣いてるんです。わたし、全然わかんなくて、そうちゃんなんて言ってるんだろ、と思って。よくそうやって泣かしてて、泣くたんびに彼は「もーてーぎー」って言うんです。

わからんままにほったらかしてたら、あるとき父親が、そのわんわん泣かしているところに帰ってきた。父親は「ぷぷぷ」と笑って、「おいおい、直子、そうちゃんがおまえのことを『もぅ敵』だと言ってるじゃないか」って。「もうてき」じゃなくて、「もうてぎ」。そうちゃんちのお父さまお母さまは山形のご出身だった。だから、そうちゃんは、おうちでは耳で聞いていて山形弁がしゃべれたんだろうね。だから泣くときもなまって、「もてぎー」って泣いてたんすよ。

谷川　敵視されたわけですね。それでまた仲良くなって？

工藤　はい、毎日毎日ケンカ。翌日になったらけろっとして、ペタッとくっついて。

そのそうちゃんとのことで、こんな詩作りました。「とんねる」。やったことあります？

谷川　ありますよ。砂場でトンネル作るんでしょ、うん。

工藤　トンネル作るときに、水かけて固くするの、知ってました？

谷川　はい、知ってます。ちょっと、おれ、そうちゃんじゃないんだから（笑）、あまり高圧的な態度取らないように。

工藤　だって都会の人って、「砂なんかイヤ」って手を後ろに回しそうじゃないですか。

谷川　いや、それはいまの時代であって、我々の時代は、砂場は必ずあって、どこへ行っても砂場で遊んでましたよ。

工藤　で、だれかと向こうからとこっちから……。

谷川　いや、そういうロマンティックなことはしませんでした。これ、ほとんどラヴソングみたいな詩ですからね。

とんねる

そうちゃんが　ばけつのみずを　すなばにまき

「よし」といって　すなのやまを　つくりました
わたしも「よし」といって
ぬれたすなを　やまに　のせました
そうちゃんは　やまをたたいて　かたくします
わたしも　やまを　たくさんたたき　てがいたい
「いくぞ」と
そうちゃんが　むこうから　とんねるをほります
「いくぞ」と
わたしは　こっちから　とんねるをほります
とんねるは　すぐこわれるので　わたしは　いきをしない
すなが　あごに　くっついて　かゆいけど　がまんします
「おっ」と　そうちゃんがいって
「おっ」と　わたしがいって
てのゆびが　とんねるのなかで　つながりました

そうちゃんが　わたしのゆびを　くすぐるので
わたしも　くすぐってやります
あっはっはと　わらったら
とんねるが　こわれたので
ふたりで　てをつないで　たちあがりました

ねえ　そうちゃん　そうちゃん　そうちゃん
ひゃっかいも　せんかいも　いちまんかいも
ずっと　ずっと　とんねるを　つくろうね

（工藤直子『こどものころにみた空は』所収、理論社）

工藤　いまごろ六十五歳でどっかにいる。
谷川　ねえ、会ってみたいでしょう。
工藤　会ってみたいです。そうちゃんは覚えてないと思うけどね。

谷川　どのへんで別れちゃったの？

工藤　四、五歳くらいのとき、二年くらい遊びました。そのあとは行方不明。

谷川　このごろテレビで、そういう初恋の人とめぐりあう番組あるから、いっぺん出てみれば？　くくく。

工藤　いやいや、空想をふくらましたほうが……。

谷川　そう、だから、そうちゃんの話聞くと、全然違うかもしれないもんね（笑）。

工藤　あんまり会いたくないんですよ、あちこちでガキ大将してたからね。

前に高校時代の同級生が、おじさんたちとおばさんたちになって、「直ちゃんの話、聞きにきたよ」って、十二、三人いらしてくださったんです。

わたし、高校三年間ずっとバスケットボールやっていたんです。そうしたら、「直ちゃんは体育館の床を踏み抜いた」（笑）、「うそーっ、踏み抜いてないよ」「いやあ、踏み抜いた」って。とんでもない間違いだと思うんだけど。頭ンなかにそうやって刷りこまれてた。

谷川　なんかすごい信憑性《しんぴょうせい》があるような気がするけどね（笑）。

ぼく、子ども時代のいい思い出があんまりないんですよ。ぼくは、子ども時代は暗黒時代だと思ってる人なのね。だいたいみんな、子ども時代は懐かしい、もういっぺん子どもに戻りたい、という人のほうが大勢を占めているんだけど、ときどきもう絶対子どもには戻りたくないっていう人もいる。

工藤　いますね。記憶は、その人の持ち味のような気がしてて……。たぶんどの時代の記憶がいちばん多いかで、その人が表現するものの中身が違ってくるんじゃないかなあ、って思わない？

谷川　思わない（笑）。

工藤　思うんだけど（笑）。

谷川　そう。記憶の問題じゃないと思うけど。

工藤　そうかあ。何かを感じたり考えたりするときって、わたしは、四、五歳から十歳までのあいだの記憶総量がいちばん多いんです。

谷川　具体的によく覚えてる？

工藤　うん。絵ハガキのように。一枚一枚が、それを開くとその日の光とか風がくるくらいの感じで。

谷川　ぼくはほとんど覚えていないんですよね。

工藤　覚えてないのは、中学から二十歳くらいです。

谷川　覚えてないの？

工藤　思い出したくないのかもしれない。

谷川　もしかしたら記憶を抑圧しているのかもしれませんね。ただぼくは、実際に記憶にのぼらなくても、思い出がなくても、意識下にたまっているものって幼年時代がものすごく強いと思うんですよね。ふだんわからないんですよ。

　だけど書いたりしていると、そういうものがほわっと出てきたりってことはあるよね。

工藤　谷川さんの、子どもをテーマにした詩って、谷川さんのそういうものが入ってるような気がする。

谷川　ぼくは記憶で書いてなくて、つまり潜在意識で書いてるんですよ、たぶん。

高級でしょ（笑）。

工藤　「ぼくもういかなきゃなんない」[19]なんてね。
谷川　あれもそうでしょうね。どうしてできたんだか全然わかんない。
じゃあ、ラヴソングにしますね。これはまったくのフィクションなんですけど。
工藤　しっかり断ってるところがどうかと思います。
谷川　だって名前聞くと、みんな変なこと思うんじゃないかと思うから。

がいこつ

ぼくはしんだらがいこつになりたい
がいこつになってようこちゃんとあそびたい
ぶらんこにのるとかぜがすうすうとおりぬけて
きっといいきもちだとおもう
ようこちゃんはこわがるかもしれないけれど
ぼくはようこちゃんとてをつないでいたい

めもみみもからっぽだけど
ぼくにはなんでもみえるしなんでもきこえる
がいこつになってもむかしのことはわすれない
かなしかったこと　おかしかったこと
ぼくはほねをならしてかたかたわらう

みんなはぼくをじろじろみるだろう
みんなはぼくをいじめるだろう
ぼくはもうしんでいるのだから
もうがいこつなのだから

19　谷川俊太郎「さようなら」冒頭の一節。『はだか』所収。佐野洋子絵、筑摩書房、一九八八年

でもぼくはへいきだ
ぼくはようこちゃんにがいこつのきもちをおしえる
いきているときにはわからなかったきもちをおしえる
もうおなかもすかないし
もうしぬのもこわくないから
ぼくはいつまでもいつまでもようこちゃんとあそぶ

（谷川俊太郎『みんなやわらかい』所収、大日本図書）

工藤　高級だわ！　さすが。

気に入られるのがうまい

谷川　それで、小学校のころに綴《つづ》り方の時間ってあったでしょ？

工藤　ありました。

谷川　好きだった？

工藤　好きじゃなかった。

谷川　ぼくも好きじゃなかったんだよね。

工藤　とってもいい子にしてたいから、ウケを狙ったような書き方を。

谷川　その当時からウケ狙いだったんですか！　はあ。

工藤　と思うなあ。わたし、ちっちゃいときからよその家に預けられたんです。そうすると、元気ではきはき明るくってお返事よくできて、という子は、頭なでてもらえるし、もらえるおまんじゅうが増えたりするんです(笑)。だから学習しますね。

谷川　ぼくの友だちにもそういう人いるけど、ほんとにおんなじだね。

工藤　だからわたしは、ちいさいころから「直子ちゃんて、元気で明るくて、雑草のように踏んでも死なないような丈夫な子だね」って言われてて。

谷川　いまでもそう言われてるんじゃない？（笑）

工藤　もともとの持ち味がそうだったのもあると思うけれど。学校では、先生がどういう返事を期待してるかが皮膚感覚でわかるみたいな感じ。谷川さん、そういうの、なかったですか？

谷川　ぼく、全然そんなヤらしい子じゃなかった（笑）。ほんとにそうだったの？いまデッチあげてるんじゃない、それ？

工藤　だってわたし、ティーチャーズ・ペット[20]になっちゃうんですよ。

谷川　あ、そう。いまでもそうだもんね。

工藤　なんかね、地ね。

谷川　地っていうのは、生まれつきの遺伝子が決定しているものね。

工藤　人に懐くの。とにかく出会っている瞬間はその人を好き。

谷川　あなた、いまだって鶴見俊輔[21]とか、河合隼雄っていう大先生方に対して、しゅんすけちゃんとか、はやおちゃんとか言ってさ（笑）、そういうときは、あなたがそうちゃんになって犬みたいにシッポ振ってついていくみたいな、そういう感じだよね。確かにそのとき会ってる人は、好きになれるんだね。それで、別れるとパッと忘れてしまう。

工藤　けっこうそれがある（笑）。

谷川　ケロッと忘れる。ああ。ぼくもちょっとそういうところあるから、それは理解できるんですけれど。それで、先生に気に入られちゃうのがうまくて、綴り方の時間も、そういう綴り方を書いちゃうわけ？

工藤　だと思うんですけどね。ただ成績はそこそこよかったです。

谷川　そりゃいいでしょう、だってお茶大[22]だもん。すごいコンプレックスあるんだよ、お茶大出の人と対談するなんてどうしよう、オレ高校の定時制だもんなあ。

工藤　ズルイよねえ、この上手に屈折してみせる見せ方（笑）。

さっきの『ひとり』のように、この世に「自分」という感覚を持てるのは、この自分しかいない、と思った瞬間は覚えています。十歳ごろだったかなあ。昼休みに学校の階段にひとりですわっていて、突然「わたしって、わたしなんだ……」と。こんなふうにうまくは思ってないんだけど、ものすごくびっくりしました。

小学校時代は、実を言うと学校の成績どころじゃなかったですね。というのは小

20　先生のお気に入り　21　哲学者、一九二二〜二〇一五年　22　お茶の水女子大学

学校の二年くらいから、第二次世界大戦が始まって、戦争一色で。学校に行くのが危なくなって、父親が「学校行くのはやめろ」って言ってくれた。朝から晩までなんにもしないで、ひとりで遊んでた。だから学校にはほとんど行っていない。唯一、初恋したのは覚えてる。角田《つのだ》くんという男の子（笑）。

谷川　じゃあその話をゆっくりうかがいましょうか。角田くんはどんな子でした？

初恋の角田くん

工藤　男組の級長さんだったんです。あのころは、男子と女子のクラスが分かれてて、余ったのが男女組で、「やーい、男おんな」とか。

谷川　そうそう、みんなに軽蔑されてた。

工藤　やっぱりそうですか。隣の男子組は、角田くんが級長だったんです。でもろくに口は利《き》かないんですよ。あるときからなぜか、こっちのほっぺたが熱いなあ、と思って、ふっと見るとそっちのほうに角田くんが（笑）。

谷川　いる？

工藤　休み時間なんかに。「おーい、ツノダー！」という声だけがやたらはっきり聞こえるとかね。ふっと気がついたら角田くんを見てるとか、どこにいても角田くんの存在だけはどこかで感じている。なんじゃこりゃあ、と思ってたんです。

あるとき学校の帰りに「あ、これがもしかしたら好きってこと？」と思ったんですね。そのとたんにひとりでパアーッと赤くなってしまって、それからは、ひとりでぎくしゃく意識しちゃって、角田くんのほう見ようと思っても見られなくて、そっちだけが熱くなる。

あるとき、算数の授業で、図形の角度を先生が教えてくれてたんです。まっすぐ線をひいて、これが一八〇度。ここタテにしたら九〇度、これを直角ともいう、そして黒板に「直角」って書いたんですよ。そのとたんにパアーッと（笑）。直子の「直」と、角田くんの「角」が（笑）いっしょになってる！と思ってね。

谷川　かわいいねえ。

工藤　あんなに、うれしはずかしのことはなかったですね。

谷川　そう。それからのお話はどうなってますか？

工藤　そこどまりですね。

谷川　その恋は、成就しなかったわけですか？

工藤　全然。話もしなかったです。

谷川　いい話ですね。とってもプラトニックな。

工藤　誇らしかったんです。算数の有名な単語の中に（笑）、直子の直と角田くんの角がいっしょ、すばらしい！と思って、たぶんそれで満足したんかな。

谷川　それは詩にしてないんですか？

工藤　エッセイにはしました。エッセイにして教科書に載ったりしました（笑）。

谷川　それは「直角」という題で、詩にするべきですね。

工藤　その角田くんもご健在ならば、いま六十六歳でどこかにおいでになるんでしょうけれども。

谷川　やっぱり頭のいい子が好きになる、っていうのがおもしろいね。

工藤　そうかあ。

谷川　ぼくも初恋の子は、副級長の女の子だったもの。あとになって東大入っちゃったりして。

工藤　角田くん、ハンサムだったような気がする……。

字を書くのが嫌いだった

谷川　それで、いまほんとは綴り方の話してたはずなんですけど（笑）。

工藤　あ、そうだ！　綴り方は記憶にない。何を書いたかも。

谷川　残ってない？

工藤　全然。だって引き揚げ者[23]だよ。何もない。

谷川　ああ、そうだよね。我々の時代って、ぼくは戦地の兵隊さんへの慰問文[24]っていうのがあったんですよ。

23　一九四五（昭和二十）年敗戦によって、日本の植民地に住んでいた日本人は、本土に戻った　24　学校で子どもたちに書かせて、日用品などを入れた慰問袋とともに戦地へ送った

工藤　ああ、ありました。書きましたよ。

谷川　でしょ？　あれがむずかしくてね。子どもってそういう無意味な、定型的な手紙って知らないわけじゃない。しょうがないから、「そちらはさぞ暑いでしょう」なんて書くわけです。そうすると先生が「これは君、千島列島のほうの兵隊さんのところへ行くんだ」（笑）。じゃ何書けばいいんだろ、と思って。

　でも母親に「あなたが、毎日遊んでたり勉強したりしてることを書けばいいんだ」と言われて、「きょうは朝起きてごはん食べて顔洗って」みたいな慰問文を書いた記憶がありますけどね。ぼくは、とにかく書くの嫌いだったね。

工藤　どこからそれがこんなにもう、ひたすらひたすら書かれるように？　このあいだCD-ROM[25]にされた詩は、全部でざっと四千編？

谷川　二千だったと思う。ぼくはもう、メシ食わなきゃならないから、日々の方便《たつき》として仕事してきた人ですから。詩人になりたいとか、いい詩書きたいとか、全然思ってなかった人間だから。

工藤　わたしはコピーライターをして、まず給料もらいはじめたんですけども。仮に「谷川くん、きみはぜひコピーライターになって、うちの会社でばりばりやってくれたまえ」って言われたら、入ったと思う？

谷川　サラリーマンがちょっとぼくは……。自由な、フリーランスだったらなれたかもしれないと思うけれど。なにしろ我々のころは、まだコピーライターという職業はなかったから。ぼくはとにかく字を書いて生きてくしかないと思ってたけど、当時もしそういうふうに言われたら、なれてたかもしれない。だけどネクタイ締めて電車に乗るっていうのがね。ぼく、ほら、集団が嫌いだから。

工藤　やっぱダメでしたね。

谷川　ちょっと疑問ですね。学校もそれだったんだもの。みんなといっしょにおなじことやるのが、思春期ぐらいからもうイヤになってきちゃったんですね。だから一匹狼《おおかみ》の道を行くようになったんじゃないかなあ。

工藤　それで、文字でも、長いものよりは短いもの？

25　『CD-ROM谷川俊太郎全詩集』岩波書店、二〇〇〇年

谷川　ぼくはだいたい、もの書くのが嫌いっていうよりか、字を書くのが嫌いなんですよ。ぶきっちょで、筆圧が高くて、万年筆使うと必ずこすっちゃうのね。スヌーピーに出てくるチャーリー・ブラウンとおんなじなんですけど、絶対にかすれちゃうわけ。だから鉛筆使うでしょう、そうすると消しゴム使うでしょう、消しゴムのカスがたまるし、筆圧が高いと、一字一字書くのが大変なんですよ。

工藤　そんなあ。そんなところで嘆いてくれても（笑）。

書いて、バランスをとる

谷川　だからぼく、ワープロが出たとき、ほんとに助かったと思って。あれからぼく少し量が増えましたね。

工藤　わたしは書いて自分が生活してく、というふうには全然思ってなかった。

谷川　でも、コピーライターになる前も、詩は書いてたんでしょう？

工藤　はい。宿題でなく、人に見せるのでもなく書いた初めてが、中学二年生。

谷川　それじゃやっぱり書くの、嫌いじゃなかったんだね。

工藤　それでバランスとってたんです。

谷川　なんのバランス？

工藤　これで明日も息がつける。

谷川　そんなに深い悩みがあったわけね。いや、たぶんそうだろうと思うんだけど。

工藤　ずっと「元気で明るくてはきはきして女親分のような直子」でやってきてるでしょ？　中学校の一、二年くらいになると、思春期があって、女親分のようないかつい直子のイメージじゃイヤなんですね。ところが外見はそう。そうすると、内側にある、そのときにヒリヒリしてるものとか、ちょっと鬱屈《うっくつ》したやつはもう出せないくらいに、いい子してるんですね。明るくて朗らかで。

谷川　あなたもすごく自分を分析するのが上手って言えばいいか、スジが通っていると言えばいいか、信用できないと言えばいいか……。

工藤　説明好き？　ヤなやつ（笑）。

谷川　非常にわかりやすいよね、そう言われると。

工藤　うん、思い余ってコトバを書き散らしてました。絵を描くとかにいかないで字を書いたのはなんでかなあ、とは思いますけどね。とにかく、だれにも見せないノートを書き始めたのが最初です。いっぱい書いて吐き出すのに、散文だと一晩でノート一冊、みたいな感じになって、クタクタになるんです。

谷川　そんなに書いたの？

工藤　けっこう書きました。もう全部捨てたけど。

谷川　もったいないねえ。いまそういう資料って古本屋さんで売れるんですよ。

工藤　で、詩という形が、これはもしかしたら、と思って。

谷川　そのころもう詩を読んでたの？

工藤　読んでました。大手拓次[26]なんか読んでました。

谷川　はあーっ！　全然違うじゃない。それで大手拓次がけっこう好きだったわけ？

工藤　そのときはね。ああいうちょっと官能的などろどろした……。

谷川　どうも工藤直子はうわべとは違うという勘があるんだけど、大手拓次が好き、なんていうと、ますます追究したくなってくる。まあいいや、それで大手拓次調の詩を書いてたの？

工藤　こっそりね。

谷川　へえ！　それは初めて聞いたね。

工藤　うん、門外不出。

谷川　それは自分で書いてるだけで満足して？　交換日記とかじゃなくてね。

工藤　はい。自分を思いっきり出してやったみたいな感じ。

谷川　それから高校行って大学行ったわけでしょう？　そのあいだ、ずっと書いてたの？

工藤　こっそり。ちびちび書いて。たいていのものは捨てるけど、なんか詩のような形になって「あれ？　この一行、おもしろいじゃん」と思うのがあったりする。「ようし、これ、いつかなんとか書き直したら、もっと詩みたいになるかなあ」というノートの切れ端を、段ボールに入れておくの。それが、博報堂入って二、三年

26　詩人、一八八七〜一九三四年。生前、詩集は刊行されなかった。処女詩集は『藍色の蟇』アルス、一九三六年

まで、ずっと続いてました。

谷川　コピーも書きながら、そういう文学もしてたんだ。

自作のいい悪いを判断する

工藤　こっそり。そのあいだに人の、もちろん谷川さんの詩も読んだりね。「ああ、こういうふうに書くんだ、なるほどなるほど」とか。大手拓次さんはとうの昔に終わって、もっぱら中原中也さんあたりで。

それが段ボールにたまって、捨てるに捨てられなくて、四畳半の押入の下のほうに詰まっていると、だんだん気持ち悪くなるんです。いつかなんとかしようと思っているのがずっと続くから。うちへ帰ると、怨念《おんねん》がそこにあるような（笑）。「こんどの日曜日に書き直そう!」と思っても「きょうは洗濯しなきゃ」とかで延ばして、こんなことやってると、なにもしないうちに、おばあちゃんになって死んじゃうぞと思って。それで決心して自家版作ったの。

谷川　ああ、そうなんだ。

工藤　怨念の段ボールを捨てるために。それが『工藤直子詩集　一九六二年』という薄い自家版。

谷川　いまだったらスキャナで取りこんでファイルにしてさ、パソコンに入れちゃえたのにね。じゃあ、そんなにたくさんのものの中から、あれだけの本を作ったんですね。けっこう選んだわけですね。

工藤　ていうか、ほとんど捨てました。

谷川　詩を書いてきて見てくれ、という人たちに、自分で自分の作品のいい悪いを判断する、つまり自己批評できることが、詩を書くうえですごく大事だって、ぼく、よく言うんですよ。それをいちばん最初にぼくが感じたのは、中江俊夫という詩人で、彼が最初に出した詩集すごく好きで、影響受けたんだけど、薄っぺらい数十ページの詩集なんです。彼はそれをパッと書いて出したと思いこんでたら、やっぱり段ボール何杯かの原稿を自分で捨てた、って聞いて、びっくりしたの。そういう自己批評ができる、っていうのはすごいですよね。

工藤　詩書いてそのまんまのやつって、もったりして、持ち重りしたような感じのままで残ってるから……。

谷川　ぼくは読み返すと、決まり文句を使ってるのがいやになっちゃう。

工藤　わたしも。

谷川　ね。それをどうにかして無くしてくのは、けっこう時間かかる。推敲《すいこう》する過程でありますよね。

工藤　谷川さんは一匹狼ですから、独自の、方法というか、そんなものがあるんでしょう？

谷川　そうですね。そのときどきに、たとえばジャック・プレヴェール[27]って詩人が好きだったり、もっと前にはシュペルヴィエル[28]が好きだったり、それから吉田健一さんのシェイクスピアの訳がよかったり……と、そのときどきにある種の影響を受けて、文体が似ている詩はあるんだけど、基本的にぼく、あんまり他人の詩を読まずにきましたね。我々と同世代の人たちは、詩をすごくよく読んでスタートしてる人が多いんだけど、ぼくは最初ほとんど読んでなくて、中原中也なんて十代では全然わからなかった。中年になってから良さがわかるようになった感じですから。
自分のスタイルで自然に書いちゃって、それをある程度書いてると飽きちゃって
また別のスタイルで書きたくなって、それでまた飽きちゃってまた別のスタイル、
そういう変化の仕方してきてるみたい。

工藤 わたし、コピーライターのとき、上司に言われました。「直ちゃん、書くときはこの世で自分がいちばんだと思って書きな。読むときは、アカの他人だと思って読みな」って。「だれが書いたの、これ?」というくらい、自分から離して……。その距離が取れれば取れるほど、ちゃんと見える。思い入れなしに見るスタンスが必要だって言われて、そうだなって思いました。

……まど・みちお[29]さんは何度も書き直される方みたいですね。

27 フランスの詩人、映画作家。一九〇〇〜一九七七年。シャンソン「枯葉」の歌詞や、マルセル・カルネ監督の映画『天井桟敷の人々』のシナリオを書いた 28 フランスの詩人、小説家。一八八四〜一九六〇年。日本では、堀口大學によって翻訳された 29 詩人、一九〇九〜二〇一四年。童謡「ぞうさん」「ふしぎなポケット」など。約百点の抽象絵画作品もある

谷川　あの人は直しに直して。本が出るたんびに、また直しちゃったりするからね。

工藤　タイトルまで直したりされる。谷川さんに以前、十八歳くらいのときに書かれた詩はどうされますか、って聞いたら、そのときに書いたものはそのときの……。

谷川　もう、そのままですね。だってどう直したらいいかわかんないし、直しだしたらきりがないだろうと思うし、違うものになっちゃうし……。若いころの自分には、それなりの良さもあるんだろうから、という感じですね。直さないでしょ？

工藤　原則は直さない。けれども直したくなるときありますし、ホイホイ直すときもあります。たとえば、詩が曲になるとき、目で見るのと耳で聞くメロディに乗るのでは違うから、そのときはメロディに乗るようにホイホイ直します。

谷川　それは曲ができてからね？　それはぼくも自由にやってもらいますね。自分でやることもあるし。

何か詩を読んでください。

工藤　では『でんせつ』から。小学校のみんながおもしろがってくれてる。生きものたちにもいろいろ伝説があるだろう、と、その伝説を聞き書きした感じで書いてます。文字がちょうど正方形になるようにしました。

ひらひら

むかし　ちきゅうは　たまごだった　たまご
から　いきものたちがうまれ　かぜや　くさ
きも　うまれた　たくさんのよると　ひるが
すぎて　ちきゅうは　まつりのように　にぎ
やかになった　たまごは　ときどき　あくび
してねむりたい　きれいなものを　ゆめにみ
て　うとうとしたい…なにか　ひらひらする
きれいなものを…というわけで　ちきゅうの
ゆめからも　いきものがうまれた　そう　ち
ょうちょは　ちきゅうがうんだ　ゆめなのだ

ちょうちょについて

はねが　うつくしいからといって　いつも
「ごめんあそばせ」と
とんでいるわけではない
ときには　ずっこけて
「やばい!」とさけび
ときには　すねて
「こんにゃろ」と　つぶやいているのだ
はっはっは　どうだまいったか

（工藤直子『でんせつ』所収、理論社）

コップになる

谷川 「動物の視点から見えること、これはとくに工藤さまに」というテーマが出てるんですけど、工藤さまは動物の視点から何かを見てるんですか？　工藤さまの視点から見ているだけのような気がするんだけど。

工藤 えー、工藤さまの視点が動物の気分になって見ている、というふうです。でもほんと。気分、違いますよ。たとえばいま、谷川さまは谷川さまでいらっしゃいますでしょう？　じゃあ、テントウムシになるとします。いきなり。そうすると、まずどこにいます？　この場で、どこでもいいから決めてみて。

谷川 ここにいます。

工藤 ここ、ったって、テントウムシってちいさいんですよ。

谷川 このへんにいますよ。

工藤 谷川さんは、椅子の肘掛けのところにテントウムシがいる、とおっしゃった。

谷川 なんにも見えませんからね。椅子の横の壁しか見えないから、つまんないから飛びますよ。

工藤　客席に飛んでいって、「うわあー、カボチャだ」みたいな感じで（笑）。

谷川　いや、ぼく、そんな失礼なテントウムシじゃないですよ。

工藤　ウーンと飛びます。そうすると、谷川テントウムシの目線が違うし、飛ぶときの羽の根っこが、たたんでいるときときとちょっと違って、ふんばらないと羽が上にあかないの。

谷川　別にふんばらなくても大丈夫ですけれど（笑）。そういうふうにできてますから。だいたい毎分何百回という羽ばたき、すごいでしょ？　人間の筋力ではとうていできないような羽ばたきをするから。

工藤　いまテントウムシなんだから。

谷川　うん。だから、テントウムシは人間とは全然違うわけだから、飛ぶのは別に大変じゃないんですよ（笑）。

工藤　ガンコなテントウムシだなあ。

谷川　だからぼくは、テントウムシになれないんですよ。人間と違いすぎると思ってるから。なる気もないし。

工藤　わたし、コップにもなるよ（笑）。

谷川　だれも頼んでないけど（笑）。ぼくは、コップの詩、けっこう書いてます。コップの身になって書くことはあんまりないんだけど、一つぐらいコップの身に近いのはあります。でもやっぱり、これは人間の視点であって、コップの視点ではないんだよなあ。

人間って「言葉」があるでしょう？　言葉がある以上は、ぼく、テントウムシにもコップにもなれない、って思いこんでるんですね。彼らには言葉がないわけだから。擬人的にしちゃあ、コップに悪いっていうふうな。これはそうなってるんです。

こっぷ

こっぷはひとりで　あるいていかない
だれかがながしへ　はこばなければ

あしたになっても　てーぶるのうえ
三ねんたっても　そこにいる
十ねんたっても　もとのまま

もしもせんそうが　おこらなければ
百ねんたっても　こっぷはたってる
どうぞうみたいに　いばりくさって
ほこりまみれの　くものすだらけで
からっぽなのも　わすれてしまって

（谷川俊太郎『みんなやわらかい』所収、大日本図書）

谷川　こういうふうになっちゃうんです。
工藤　うーん、知的だ。
谷川　知的？　じゃあ工藤さん、コップになるとどうなるの？　「水が入ってるってステキー」とか？

工藤　「やっぱジュースのほうがいいかなあ」とかね。「おでこにぽっ」というタイトルで、短い話をいくつか書きました。

たとえば「恋するコーヒーカップ」。「コーヒーカップが、「ぼくさあ、悩みごとがある」と言う。

谷川　男なのね。

工藤　そう。「わかるよ。悩むとあなた、無口になるからね」とわたしが言います。「当ててみせようか、恋でしょ」。話を聞くと、食器棚の中で、コーヒーカップは赤いグラスに恋をしたの。ところが最近わたしの収納が悪くて、まんなかにごつい湯呑みが入ってる。だから、湯呑みが邪魔で、会えなくて悩んでいる……。

谷川　それで、湯呑み、ちゃんとどけてあげた？

工藤　どけてあげた。そしたら今度は、湯呑みがぶつぶつ文句を言う（笑）。いろんなものが出てくるの。ネコや犬や、しゃもじとか、ダイコンとかみんな。

谷川　生きていようが生きていまいが、植物だろうが動物だろうが鉱物だろうが、全部生命があって……。

工藤　なんでもこい、で。

谷川　でも、ほんとにそこに自我というものを移入してるわけですか？　それはやっぱり、擬人的に書いているように見えるけれども。

工藤　もっと原始的ですよ、気分は。たとえば丸い物があったら、カボチャでもいいけど、スリスリしてみたくなるでしょ？

谷川　さわってみたくなる。

工藤　ポンとたたきたくなる、とか。そんな感じで、わたしにとって、いろんなものがみんなそうなんです。

谷川　人間もそれと同じだ、というのが持論ですよね。

工藤　谷川さんと出会うたんびに……。

谷川　この話になっちゃうんだよね。これ、永遠の課題だからね。でもきょうは大手拓次とか、いろいろ聞いたから。

やっぱぼくの見方が当たっててんじゃないかなあ。これから年取ると、そういう潜在意識が出てきて、まったく違う詩を書き始める。
工藤　ひらがな好きで、ひらがなたくさん使って書いてたんですけれど、このごろ、四文字熟語が使いたくてしょうがないんです。
谷川　流行りに敏感ですからね、工藤さんは。
工藤　あ、流行ってるんですか。
谷川　ちょっと前ですけどね。ワンテンポ遅れて、流行りに敏感、といえばいいか（笑）。
工藤　それは、敏感とは言わないけど。
　大学の若い人たちと授業してたとき、彼らの柔らかい感覚や語感がおもしろいんですけれど、四文字熟語だと「わかんなーい」というのが多くて。ひらがなでしゃべる感じになる。だからときどき……たとえば「切歯扼腕《せっしやくわん》」なんてのを使って書きたくなる。
谷川　作ってるわけですね？
工藤　まだ、作ってません（笑）。

谷川　そこに四文字熟語の詩があるのかと思った。……阪田寛夫[30]さんの詩にお経の詩がありますよね、漢字ばっかりの。
漢字も、コップやネズミやネコと同じようにかわいい、とか？

工藤　あります。気に入りの字画とかね。

谷川　好き嫌いがあるんですね。ひいきがあるんだ。

工藤　あります。

蛇になる

谷川　動物でいうと、「この動物は嫌い」というのはなくて、割とひいきがないじゃない。

工藤　みんな好きです。ただ蛇とか毛虫とか、実際に出会うと「キャッ」と言いますが。

谷川　あ、そうなんですか。けっこう観念的に書いてるところもあるんだ。

工藤　蛇なんかは、キャッ、と言ったあとで「すまねえ」という気になる（笑）。
谷川　そりゃ当然そうでしょう。
工藤　だから、あっしも蛇の気分になって。
谷川　嫌いでもなれるわけ？
工藤　うん、なれる！　威張ることもないけど。ただ、蛇になって、「渦巻き」「とぐろ」とか「くねくね」って書くと、読むほうも書くほうも、不気味な感じになるの。なるべく不気味感はなくしたい。
谷川　どうして？
工藤　だって、自分がなってて、不気味だと悲しいもん。
谷川　ええっ、どうして、不気味ならおもしろいじゃない。自分がもっと蛇になれてるってことでしょ？　どうせなるんだったらさ。
工藤　せつない蛇。

30　小説家、詩人、一九二五〜二〇〇五年。童謡「サッちゃん」「おなかのへるうた」など

谷川　それはどういう蛇でもいいんだけど、どうせなるんだったら、三割蛇じゃなくて九割蛇になってくれたほうが、詩としてはよくなると思うけどね。

工藤　不気味というのは蛇の目線じゃなくて、人間の目線なんだよ。だから蛇としちゃ、ごくアタリキなんだけど、人間さまに読んでもらおうというときに、「くねくね」とか「渦巻き」って書くと、本来の蛇じゃないやつになる。

ま、いいや、前口上はぬきにして蛇の詩読みます。

だっぴ

　へびいちのすけ

「だっぴ」すりゃ
ちょっぴり　おとなで
ぼく　しんぴん
あたらしい　としがはじまる

きぶんだよ
だから　そのときゃ
「だっぴー・ニュー・イヤー」

（工藤直子『のはらうたⅣ』所収、童話屋）

谷川　なんだそりゃ？　その最後は！　やっぱり博報堂にいたのは、ムダじゃなかったという感じだね。

工藤　お笑い芸人だー。

谷川　ぼく、蛇の詩なんてないしなあ。だいたい動物の詩、少ないですね。言葉遊びだとあるんだけど、別にカエルが好きだからカエル書いたのではなくて、音だけだからね。

工藤　谷川さんの朗読を聞いたとき、「かっぱ」や「いるか」の詩を自分が目で読んでたときと、谷川さんのリズムとが全然違うのがとってもおもしろかった。

谷川　そうねえ、とくに最初のうちは、テレてるから早口で読むからね。いま少しスレてきたから、もうちょっとゆっくり読むようになってるんだけど。
工藤　それをぜひ。
谷川　「かっぱ」って知られすぎてて。こんど国歌を、「君が代」やめて「かっぱ」にするという話があるんですけれど（笑）。すごくいいんじゃないかなあ。ぼくが言ってるだけですけど。じゃ、「かえる」、読みますね。

かえる

かえるかえるは
みちまちがえる
むかえるかえるは
ひっくりかえる

きのぼりがえるは
きをとりかえる
とのさまがえるは
かえるもかえる

かあさんがえるは
こがえるかかえる
とうさんがえる
いつかえる

（谷川俊太郎『ことばあそびうた また』所収、福音館書店）

工藤　「かっぱ」もぜひ！
谷川　「かっぱ」だけは、そらで言えるんです。自分の詩で暗誦《あんしょう》してるのある？
工藤　一個だけ。「あいたくて」。

かっぱ

かっぱかっぱらった
かっぱらっぱかっぱらった
とってちってた

かっぱなっぱかった
かっぱなっぱいっぱかった
かってきってくった

（谷川俊太郎『ことばあそびうた』所収、福音館書店）

工藤　ちいさい人たちはこういうのは好きですよね。音の響きは、おとなの人は「ええとー」なんて……。

谷川　すぐ意味、考える。
工藤　「あひるひよこ」作の詩を書いたときのこと。ちっちゃいとき、アヒルがたくさんそばにいてね、歩くときアヒルって「てんぺこ　てんぺこ　ぴっぴっぴっ」と歩く。で、何秒おきかにしっぽ振るんです。それが「ぴっぴっぴっ」なの。水に浮かんでるときは「さっぽん　さっぽん　しゅっしゅっしゅっ」だったわけ。ちいさい子どもたちは、それをとってもおもしろがって。オノマトペって好きですよね。
谷川　いちばん身体の動きと密着した言葉だからですね。子どもは音だけですぐ覚えちゃうね。

いるか

いるかいるか
いないかいるか
いないいないいるか

いつならいるか
よるならいるか
またきてみるか

いるかいないか
いないかいるか
いるいるいるか
いっぱいいるか
ねているいるか
ゆめみているか

（谷川俊太郎『ことばあそびうた』所収、福音館書店）

谷川　ぼくは、人間のことも書いてるんですよ、動物だけではなく（笑）。人間のも読ませてね。

ばか

はかかった
ばかはかかった
たかかった

はかかんだ
ばかはかかんだ
かたかった

はがかけた
ばかはがかけた
がったがた

はかなんで
ばかはかなくなった
なんまいだ

（谷川俊太郎『ことばあそびうた』所収、福音館書店）

谷川　こういう言葉遊びは、あまりしてらっしゃいませんよね？　まどさんも阪田さんもけっこうやってるでしょ？

工藤　おふたりでやりとりして。おもしろいですね。まどさんの「かばのうどんこ」。これ、逆に読むと……（笑）。まどさん、こんなユーモラスな詩も作られる。

では、『でんせつ』の中の「いるか」を読みます。わたしのいるかは、こうなりました。

くるくる

うみは　あまり　てをひろげたので　じぶん
がどこにいるのか　わからなくなった　なん
おくねんものあいだ　うみはさけびつづけた
「おーい　わたしは　どこにいるんだい?」や
がて　いるかがきて「あんた　ここにいるよ」
と　くるくる　うみを　くすぐった「ここに
もいるよ」くるくる「ここもだよ」くるくる…
いるかに　あっちこっちくすぐられ　うみは
やっとあんしんしてわらった　いまも　いる
かは　うみを　くすぐってやっているのだよ

いるかについて

いるかの　おなかには
ごむまりが　かくれている
しっぽに　せんぷうきを　とりつけ
せなかに　アンテナを　うめこみ
くちのなかは　うたごえで　いっぱい
そして　おでこには
「あそぼ　あそぼ」が　つまっている

（工藤直子『でんせつ』所収、理論社）

遊ぶ

谷川 遊ぶの、好きだね。遊び半分で生きてません？（笑）

工藤 バレた？　むずかしいことを考えようとすると、おでこのあたりが窮屈《きゅうくつ》になります。

谷川 でもその割に、小学生のころから階段にすわって「わたしとは何か」みたいな、哲学やってるじゃないですか。だって最初、ぼくがいちばん好きだった詩集は『てつがくのライオン』ですよ。

工藤 でもあれは「てつがくは、肩が凝るな」ってライオンが……。

谷川 とおっしゃってますが、あの詩は存在論的と言えばいいか実存的と言えばいいか……。じゃ、あんまり悩まずにいま生きてらっしゃるんですね？

工藤 はい。これはもう、ゴチックの大文字で。極端な言い方したら、悩むのも、

谷川 楽しい？

工藤 うん。落ちこむと、うわー、落ちこんでるわー、これこのまま行くとどうな

るんやろ、と思って。

谷川　ほとんど「ジキルとハイド」[31]みたいな二重人格ね。悩んでる自分と、悩んでるのを楽しんでる自分と、分裂しちゃってるわけですね。……そういうのってほんと、生まれつきなのかもしれないね。

つまり、何かたぶんあるんだろうけど、それを出さずに生きていけるのは、生まれつきの性格の明るさがあるのかもしれない。

工藤　でも、以前谷川さんにおどかされたんですよね。わたしは、自分が虚勢を張って我慢をして明るくしているのか、それとも自然にそうなのかがわからない。最初は、もしかしたら虚勢を張ってるのかと思ってたけど、それならば、きっとどこかが身体的に悪くなるだろう、と思ったんですよね。胃が痛くなるとかなんとか、どっかに出てくるはず。でも、三十年、四十年、五十歳になっても出てこない。ちょうど五十ちょっとくらいのときだったかな、谷川さんにそういう話したんです。「もうここまで出てこなかったら、これはもう地のものだと思っていい、と思ってるんですよ」と言ったら、「直子さん、わからないよ。八十歳になって、その鬱屈《うっくつ》したやつが、どーんと出てきたらどうするの？」って言われた。

谷川　そう。それが正気で出てくればいいんだけど（笑）、ボケて出る、っていうのがあるんですよねー。

工藤　あるある。周りが迷惑する。

谷川　そう。もう当人はいいの。せっかく抑圧してきたものを作品にして出せない、という悔しさがあるでしょう。くくく。

工藤　今後を期待してください（笑）。

谷川　ほんと、おもしろいね。仮面とは言わないけれど。仮面もずっとやってると、自分の顔と区別つかなくなるでしょう？　だれでもそういうことはたぶんあると思うんだけど。病気になって出なきゃ、もうそれでいいんじゃないですか。幸せに暮らしてください（笑）。

でもさ、若いころから「遊び」っていうふうに思えてた？

31　『ジキル博士とハイド氏』ロバート・ルイス・スティーブンソン著、二重人格を題材にした小説

工藤　ええと、二十代はジタバタしてました。

谷川　やっぱり若いころはなかなか、「遊び」っていうふうに言えないでしょう。

工藤　はい、開き直ったのは四十過ぎてから。いちばんジタバタしてたのは中学校のときで。

谷川　中学校のころはほんと大変だったみたいね。記憶がないくらいに抑圧しちゃった、っていうんだからね。

工藤　でもそれが、長い目で見るとすごくいい味になってるのかな、と自分で思う。

谷川　自分で言うかね、それを（笑）。いま一瞬唖然《あぜん》としたんだけど。そんなにおいしいんですか、工藤さんて方は。

工藤　みんな引いたね。

谷川　それは認めるけどね。確かに工藤直子の味わいは、相当複雑なもんだし、有機野菜みたいに、いろいろ取りこんだものがあって、それが不純ではないことはわかりますけど。

工藤　ああ、言ってて恥ずかしいわ。

谷川　いまさすがにちょっとテレたでしょう（笑）。

ギンギラの光と影

工藤直子

赤ん坊のとき母ちゃんが亡くなったので、父ちゃんはタイヘンだったと思う。ゴハンの世話、風呂入れ、繕い物、出張の際、預けるところがなければ、連れていく。汽車の中で散歩をせがみ「汽車の先頭からシッポまで通路を往復したんだぞ」だったとか。

ちなみに私が散歩をしたいとき「アーちゃん、イッチニッサン」と言ったそうだ。「一二三」で三歩→散歩。教えたのは父ちゃんにちがいない。

「ここで待ってなさい」と私を建物の玄関先に置いて父ちゃんは会議室に行った。「放し飼い」状態で何時間でも遊んで、私は機嫌がよかった。

夏の台湾は熱い。頭がチリチリ焦げ、鼻の穴を通る空気が熱い。しゃがんでトカゲを眺めたら、耳の横を流れる汗がトカゲに降りそそぐくらい熱い。

そんなある日である。顔をあげて見回した景色が、ものすごぉぉくギンギラしていた。(え?)木にも建物にも「影」がない!(なんじゃコリャア!)

あの気持ちは……どう言えばいいだろう……すごぉく怖くて、かなぁり危なくて、じつぅに綺麗で、とてぇも美味しい。そんな世界に連れてこられた気持ち?

オトナになって知ったのだが、台湾には「北回帰線」が通っている。太陽がテッペンをとおり、影が真下になる(つまりなくなる)季節があるのだ。その時の光と影を、私はしっかり体感していたのだ!

十歳で敗戦、引き揚げ。光、花、果物、蝶、トカゲ……台湾と日本はこんなに違うのね。私はいま、ほんのり「台湾好き」である。

「ぼくはマザコンだから、お母さんが死んだらどうしよう、というのが大問題」
「わたしは他人は関係なく、自分が〝いなくなる〟のが怖かった」

対談II

子どもの宇宙

工藤　きょうは朗読から始められてしあわせでした。いつもわたしは、お笑い芸人みたいな出で始まるんですよ（笑）。

谷川　三枚目路線でいくわけですか？　ぼくもそういうこと、多いんですけどね。たまにはきょうみたいな二枚目で……。

工藤　谷川賢作[32]さんに、第一部の構成をお任せしたんです。そうしましたら、テレがおありになって、わたくしのほうを先に出してくれて……。

谷川　え、だれがテレてるの？

工藤　賢作さん。オヤジから先もまずいだろうって。

谷川　そりゃあ、まずいですよ。テレとかじゃなくて、芸人として当然の判断でしょう（笑）。

工藤　三枚目をずっとやってたもんですから、あんなに朗読で気取って、雑木林の雰囲気になるって、むずかしかったんですけれど、どうだったでしょう。

谷川　三枚目と二枚目のけじめのつけ方というか、メリハリのつけ方と言えばいいか、そこをちゃんと摑《つか》んでないと、芸人としては失格（笑）、ハイ、対談はどっちの路線でいきましょうか？

工藤　やっぱり三枚目。二枚目だと息切れしてきますので。

谷川　では適当に混ぜ合わせて。

末っ子、ひとりっ子

谷川　「子どもの宇宙」というタイトルなのでお互いの子ども時代の話をしたいなと思って……。どんな子どもでした？　工藤さんは、きょうだいがおありですよね？

工藤　ひとりっ子のような、大勢のきょうだいの末娘です。いちばん上と二十違ってて。

谷川　それでほんとに血がつながってるの？

32　作編曲家、ピアニスト、一九六〇年〜

工藤　そうです。

谷川　ああそう！　すごい古代的な家庭ですよね。

工藤　はい。親にとっては孫くらいの年齢で、生まれたんです。

谷川　ぼくも似てるんですけどね。うちは父と母がすごい恋愛で結ばれたんですよ。

工藤　は〜、いいなあ。

谷川　うちの父がハダカ馬にまたがって、うちの母のところまで、淀川《よどがわ》の堤を走って通った、という、これはウソなんですけど（笑）。そういう伝説があるぐらいで、ふたりっきりで小宇宙を作ってしまって、もう子どもなんかいらない、ふたりだけで生きていこう。

そうしたら、なにかの間違いってあるんですね、やっぱり。できてしまって。もうこれは中絶します、と夫婦は思ったらしいんです。

工藤　うちもなんです！

谷川　ほんと！　我々は望まれて生まれてきていないんですね。それで詩人になるのかなあ？

工藤　かもしれませんね。父ちゃんに「おまえを産むかどうか、母さんと相談したんだよ」って言われました。

谷川　うちは、母の父、つまりぼくの祖父が、絶対に孫がほしいってがんばったお陰で、ぼく生まれたんです。

　母は、子どもを産むなんて、ああいう姿勢で分娩《ぶんべん》するのは耐えられないから帝王切開で産む、と主張して。別に病気じゃなかったと思うんだけど、ぼくは帝王切開で生まれたんだって。

工藤　ほお〜。

谷川　だから桃から生まれた桃太郎みたいに、ぽこっとこの世に出ちゃったんですよ。苦労しないで。

工藤　だからやっぱり、宇宙人のような感じになる（笑）。

谷川　産道を曲がりくねって、そういう苦労をして出てこなかったということが、一生の負い目ですよね（笑）。申し訳ない。

マザコン、ファザコン

谷川 そのうえ私はひとりっ子です。兄弟姉妹がいないから、すごいマザコンです。……でしたね。ぼく六十代になって、やっとマザコンから逃れたという人なんですよ。

工藤 わたしはファザコンでした。

谷川 でしょうね。

工藤 ほかのきょうだいは、みんな家を出ていて、父親がわたしを、父子家庭で苦心惨憺《さんたん》育ててました。

谷川 なるほど。父のあぐらの中にすぽっと入って、みたいな。それがクヌギ林のふところの深さに通じているんですよね。ほんと、幼時の経験ってのは大きいですねー（笑）。

工藤 マザコンってどんな感じですか。

谷川 実の母親とは、最初に恋愛すると、すっぱり切れちゃうんですよ。

工藤　ああ、そうですか！

谷川　もう冷たいもんですよ、うん。お宅の息子さんはどうだったか知らないけれど。

工藤　うちはすっぱり切れているんだと思いますけれど、どうでしょう。

谷川　切れているほうがいいと思いますよ。とにかく最初に恋愛して、こっちはもうウキウキしてますから、母親のところに「恋人ができた」って報告に行くわけですよ。ぼく、なんでも話ができる親しい間柄だったから。喜んで報告に行ったら、母親が家出しちゃったんですよー。

工藤　おっと！

谷川　まずいじゃないですか。家出といっても、うちの父親もいるんだから、カバン持ってどっか行っちゃったわけじゃなくて、とにかく泣いて外へ駆けだしちゃったんです。ぼくはそのとき、人生の現実に目ざめましたね。女はふたりはダメなんだ、って（笑）。ひとりでないと……。それで母を捨てました。潔く。

父のところへ行って、「ぼくは恋人ができた、これからお母さんの責任は、お父さんが取ってください」って言ったんですよ(笑)。うちの父は、男女関係において、いろいろ問題を起こす人でしたから。そしたらちゃんと言うこと聞いて、それから二人は仲良くなりましたよ。

だから、実の母親ではなくて、あらゆる女性の中に母性を見てしまうという、マザコンです。

工藤　ああ、そうか。わたしは、女親は、子どもにとって現実を教えてくれる役目で、太古の記憶とか伝統とか伝説を伝えてくれるのが、男親の役目じゃなかろうかと、本のあとがきに書いたことがあります。

谷川　工藤さん、このごろテツガクしてますねえ。さっきのクヌギ林の宇宙論とい い、大いに共感しますけど。はあ、なるほど。そうかもしれませんね。

ぼく前に、きょうこのあと登壇なさる河合隼雄先生に、うちの父親のことなんか話して、父親は全然家庭を顧みないで、ぼくとも遊んでくれませんでした、みたいな話をしたら、「それでいいんです」と先生はおっしゃいましたね。父親は遠くにいるだけでいいんだ、って。「いる」ってことがすごい大事なんでしょうね。その、遠い記憶とかそういうものを体現して……。逆に、近くにいないほうがいいんですね、きっと。

工藤　いい理由ですね、男性のみなさん（笑）。

谷川　世の亭主族を弁護するような話になってしまいましたけれども。母親はすべてを抱きとって、一つにしていこう、という動きがあるけれど、父親っていうのは、どこか切断していくんですよね。これとあれは違う、とかね。だから言葉という点から言うと、やっぱり男性、父親のほうが言葉を扱いますよね。

手本がなくてオヤジになる

工藤　わたしの場合、「父親」を浴びたものですから、オヤジになっちゃった気がする。

谷川　自分が？　えー？

工藤　つまり、母親になったときの、お手本がないんですよ。

谷川　ああ、お母さんが早く亡くなっているしね。

工藤　二番目の母親が、小学校の二年のときにきたんですけど。その母ちゃんは「お父ちゃんとの仲良し」という見本にはなったんですが、彼女も子どもを持ったことがないから、母親というより、ただのすごい仲良しに……。

谷川　じゃ、お友だちみたいになっちゃったの？

工藤　そうなんです。それで、わたしは母親になったら、「えっとー」みたいになりまして。ですから、息子はわたくしの中にオヤジを見るみたいですね。

谷川　はあ。息子とは友だち関係的になる？

工藤　そうだった気がします。

谷川　それはある意味で、外から見てると、とてもいい関係には思えますけどね。だって、身内ってたいてい、ごちゃごちゃなるじゃないですか。そうならないっていうとこが。ま、冷たいといえば冷たいんだけど、関係としては、すごくうまい距離の取り方だな、というふうに見えますね。

工藤　わたし自身は好きでした。その代わり、生きるのはおまえが生きるんだよ、という感じが、オーラで出てたみたいで。よく息子が、「おれ、ちいさいとき、母さんに『あんたが橋の下に住むようになっても、わたしは好きだからね』って言われた」って……。

谷川　橋の下に住むようになる責任は自分は負わないぞ、って言ってるわけ？　すごいね、それは。

工藤　「おれは、いつか橋の下に住まなきゃいけないんかな」（笑）って思ってた、って。

谷川　それは相当、ライオンですね。千尋《せんじん》の谷に子どもを蹴落とすという……。[33]それはでも、子どもをすごく自立させますよね、きっと。

工藤　谷川さんご自身が子どものとき、どうでした？　うちでは息子が小学校一年か幼稚園の年長さんくらいのときですが、親と一体になりたいという時期があったんですね。

33　獅子の子落とし。わが子に敢えて厳しい試練を与えてその器量を試すという。出典は『太平記』

谷川 子どものほうから？

工藤 はい。近くにあるものを比べて「どっちが好き？」って聞くんです。

谷川 へえ。

工藤 「ジャガイモとナス、どっちが好き？」とか「ミカンとリンゴ」、「この絵本とあの絵本」、みんな二つに分けて「どっちが好き？」って言われて。わたしは適当に「こっち」とか「あっち」とか言ってたら、だんだん、あれ、おかしいなあ、と思って。だって彼は、全部「ぼくも〜！」って言うんです。

谷川 ああ、なるほどねえ。

工藤 「母さんが好きなのは、ぼくも」というわけで……「ぼくもゲーム」ですね。そこで、わたしは、ほんとはどっちが好きか真剣に考えようと思ったんです。

谷川 そこがちょっと変わってますよね。

工藤 あ、そうかなあ？

谷川 ふつう、ジャガイモとナスのどっちが好きか、本気になって考えなくて、あ、これは子どもが甘えたがってるんだな、と思ったら抱きしめますよ。

工藤　あ、そっか！（笑）いや、でも本気で考えたんです。
谷川　そこらへんがほんと、男性的ですよ。
工藤　実は、言われるたびに、真剣に考えると、好きって決められないってことがわかっちゃった。
谷川　うんうん、そうだよね、なかなか決められませんよ。
工藤　だから、「どっちも好き」っていうことにしたんです。そしたら「どっちかにしてよ～」って言われました（笑）。
谷川　その子どもの訴えは、切実だったんですよー。そういう形で無視してきたんですね？　ひどい母親だあ（笑）。スキンシップはどうだったんですか？　子どもを抱きしめたりは？
工藤　あのね、お芝居のような気がしちゃうんです。
谷川　はあ。やっぱり性格的に欠陥がありますよね（笑）。おビョーキですわ。ふつう母親はもううれしくてうれしくて、子どもをぎゅうぎゅう抱きしめて、なめたり嚙《か》んだりするもんですよねえ。それが、お芝居？

工藤　なんか、自分でテレちゃうんです。谷川さんはどうでした？

谷川　ぼくは男親でも、抱きしめたりなんかするの、大好きでしたよ。

風が怖い

工藤　子どもが生まれたころ、育児書のブームがあって。『育児の百科』[34]とか『スポック博士の育児書』[35]とか有名でした。自立させろとか、抱きしめろとか、しつけろとか、放っておけとか、百も意見があるんですね。

谷川　そうそう、ほんとだよね。

工藤　結果、なにもお手本にできなくて。

そういうころに、子どもが散歩に行きたくなりはじめた、よちよち歩きのころですけれども、ものすごく散歩に行きたいのに、風が怖いっていう時期が半年くらいあったんです。外へ出て風が吹くとざわめくのが怖いらしくて、わーんと泣きだすんです。家に連れて帰ると、また「散歩行こう」となって……。そのとき工夫したんです。抱いて、毛布かけて、風が吹いたらパッと隠して、公園へ連れていって……。このやり方が成功して。それで「そうかあ」と思ったんです。こういう母と子の出会い方は、百億も二百億も連綿と続いてるけれども、息子とわたしの出会い方は、この世で一個だけじゃん、って思ったんです。指導書なんかいるか！と。

谷川　うんうん、そうですよ。ほんと、そうだと思うね。

工藤　文句あるやつは出てこい！みたいな……。

谷川　そこまで別に気張らなくてもいいんだけど（笑）。親として割とふつうのことやってるわけだから。さっきのことより、そうやって毛布をかけて連れていくのは、すごく自然で母親らしくてオッケーですよ。正しいご判断だと思いますよ。それで、風は怖くなくなったんですか？

工藤　はい、パタッとやまりましたね。ああいうのはなんなんでしょうねえ。

谷川　それこそ人類の深い記憶の中にある何かなんでしょうね。

34　松田道雄著、岩波書店、一九六七年　35　ベンジャミン・スポック著、暮しの手帖社、一九六六年でもとにかく、立派に成人されて、漫画家としてあんなに国際的に人気があって。映画の『ピンポン』、おもしろかったですよね。

工藤　谷川さんは「自分は賢作さんのステージパパです」っておっしゃるけど、わたしも、松本大洋の漫画のファンです。

谷川　でも全然ママの力借りずに、パアっと人気出ちゃったよね。

工藤　漫画をやりだしたとき、きびしく息子に言われたんです。「直さんとオレの関係を、社の人に話さないでくれ」って。

谷川　えらいねえ！

工藤　言いたくてウズウズしてたんですけど（笑）。

谷川　そりゃそうでしょう、もう自慢でしょうがないんだもん。それ、ちゃんと抑えたんだ。

工藤　わたしは抑えたつもりだったら、息子があとになってから、「直さん、言ったな。チクったな」って。たぶん自然にわかっちゃったんだと思う。でも信用落とした……。

谷川　まあ、弁解しなくてもいいです（笑）。お孫さん、いらっしゃいます？

工藤　いません。

谷川　ほしいですか。

工藤　現れたらかわいいと思うでしょうけど、ぜひ、とは思わないんです。どうですか、お孫さんがおられるけど？

谷川　うん。かわいいけど距離はありますね。子どもだったら、自分の命を捨ててでも守るとか、すごくはっきりあったんだけど、孫だとワンクッションあって、命守るんならおまえら親に守ってもらえ、みたいなところはちょっとありますね。だから無責任といえば無責任です。

工藤　かわいい風景を見るように。

谷川　まあ、風景というよりはもうちょっと心配、っていうか……。どんな子になるんだろうか、どんなおとなになるんだろうかみたいなことは、よく考えます。

叱られたことがない

谷川　子どものころ、どんな本を読んでました?

工藤　うちは、子どもの本があまりなかった。本棚には、おとなの本ばかりあって。

谷川　母親が亡くなっちゃったわけだし、お父さんは、子どもをちゃんと教育しなきゃ、みたいな意識はなかったの?

工藤　ないです。

谷川　ほお。

工藤　元気で生きているのがいちばんよい。それ以外はなんでもよい、という感じで。一度も叱られた記憶がないんです。

　谷川さんもそうでしょう?

谷川　いや、ぼくは親には叱られてましたよ。手を上げることはなかったけれど。

工藤　押入に入れられるとか、外へ出てなさいとか、一切なくて、唯一叱られたというより、たしなめられた記憶があります。

七歳のときかな、学校から帰って、ザボンの木に登って、実を食べながら、覚えたばかりの大好きな流行歌を歌ったんです。タイトルは「恋すりゃ莫迦《ばか》になるものよ[36]」(笑)

谷川　いいタイトルだねえ！　だれの作詞かしら。

工藤　えーと、こんな歌です。

花がほろりと散るように
男まかせの[37]このアタシ
夢中で暮らすきのうきょう
なんと言われようとどうしようと
恋すりゃ莫迦になるものよ

っていうんです(笑)。またメロディがよくてね。メロディも覚えてます。

谷川　じゃあちょっと歌ってみてください。

36　歌：三益愛子、作詞：伊藤松雄、編曲：細田義勝、一九三七年　37　このように記憶していたが、実際は「みんな捧げた」

工藤（♪歌う）（拍手）

谷川　もうきょう第三部でアイリッシュハープ、弾かなくてもいい。いまの歌で充分！（笑）

工藤　この歌を、木の上で大きな声で歌ってたんです。自分の意識の中では、むしろ「みなさん聞いて〜♡」みたいな感じで……。

　そしたら、いつのまにか父ちゃんが下にいて「おい直子、なんとかならんか、その歌」（笑）。

谷川　それはまだ恋も何もわかってなくて、ただなんとなくリズムとかメロディとか、気持ちよかったんですよね。

工藤　はい。叱られたというか、たしなめられたというか……。父に叱られた記憶は、それだけです。ですから、大変野放図でしたね。

谷川　はあ、なるほど。それもやっぱり、いまの性格に影響してますよね。叱られたことがない……うーん。

子どものころ読んだ本

谷川　それで、本なんか全然なくて、本読みたいと思わなかったの？

工藤　ひらがなだけは早く教わったんです。昔の本は、全部ルビ[38]振ってあったので、文字たどって、ひとり遊び。まず本棚の本の背表紙を読みました。泉鏡花の『高野聖』は「かうやひじり」って書いてある。泉っていう字も、鏡っていう字も、花っていう字もきれいでしょ？

谷川　それがいくつのとき？

工藤　六つかな？　全然わからなかったんですけれど、とにかく字をたどるのが遊びだったから。イメージとしては、万華鏡をのぞいたようだったんです。あとで読んでみたら、おお、なるほどと思って。谷川さんは？

谷川　ぼくは、少年講談と「のらくろ」、という正統な少年時代ですよ。

38　振り仮名

工藤　「のらくろ」も借りて読みました。「岩見重太郎の狒《ひ》狒《ひ》退治」[39]とかね。

谷川　ぼくは「霧隠《きりがくれ》才蔵」[40]とか、そういう少年講談が好きでね。それから『巌窟《がんくつ》王《おう》モンテクリスト伯』[41]、あれはいまの「ハリー・ポッター」[42]みたいなものですよね。血沸き肉躍るっていうか、ドキドキしながら読みましたね。

工藤　『小公子』[43]は大きくなって借りて読んだな。

谷川　うちはなにしろ大学の先生の家だから、もう本がいーっぱいあってさ。ただ学術書だけじゃなくて、父は文学も好きだったから、けっこう文学書もいっぱいあるんですよ。風邪ひいたりして、なんか読む本ないかな、と探すと、新潮文庫があって、そうすると『脂肪の塊《かたまり》』[44]ってあるんですよ。

工藤　あ、わたしも中学のころ、タイトルに惹《ひ》かれて読んだ（笑）。

谷川　なんだろう、これ？　それでなんとなく勘で、これはマズイ本じゃないかというのはわかるから、布団の中で読むわけ。なんだかよくわかんないの。でも母親がきて取りあげられました。「まだ早い」って。

工藤　目配りきいてますね。

谷川　まあ、ある程度ね。うちの父は、ぼくに無関心で仕事一辺倒だったけど、母親とは、ほとんど一体化してましたから。高校生ぐらいまで。その気味悪さに気がついてなかったぐらいのマザコンだったんですから。自慢じゃないんだけど。

それから、シートンの『動物記[45]』、小学校になってから、すごい好きでしたね。

工藤　そんなに早く、もうあったんですか？

谷川　ありましたよ。

工藤　わたしは高校のときに初めて、内山賢次[46]さんので見ました。

谷川　あれは小学生のころからあったし、うちの父は、野上弥生子さんとお友だちだったから、『ギリシャ・ローマ神話』とか、未だに原作者がわからないんだけど、

39　岩見重太郎は、講談や戯曲の中の人物で、諸国を漫遊しながら、大型のサルのような妖怪の狒狒や、大蛇を退治、父の仇討ちも果たす豪傑　40　戦国時代末期の武将・真田幸村に仕えた、真田十勇士のうちの一人　41　アレクサンドル・デュマ・ペール著、無実の罪で監獄に送られた主人公が、脱獄して仇敵に復讐するまでの物語。原作は十八巻もの大作　42　イギリスの作家、J.K.ローリングによるファンタジーで、世界的なベストセラー。一九九七年　43　フランシス・ホジソン・バーネット著、若松賤子訳　44　ギ・ド・モーパッサン著、広津和郎訳、新潮社、一九三八年　45　アーネスト・トンプソン・シートン著、内山賢次訳、白揚社、一九三七〜三八年　46　翻訳家、一八八九〜一九七一年

『美しき世界』っていう、いわゆる少年少女小説があったんですよ。昔の中央公論社なのに、原作者が書いてないの。戦時中に近かったから、アメリカ人の名前じゃマズイってこともあったのかもしれないけど、その本すごく好きで。ほんとにアメリカ風のハッピーエンドで、天才バイオリン弾きの少年の話[47]なんですけど、そんなの読んでましたね。

工藤 はあ！　わたし、八歳前後で記憶に残っている二つの大きなものは『ギリシャ神話』と『宮本武蔵[48]』です。吉川英治の全八巻。

谷川 早熟ですねえ。そういうのはお父さんに買ってくれ、って？

工藤 いや、うちに……。

谷川 お父さんの蔵書にあったわけだ。

工藤 そうなんです。そのときに読んだ、ギリシャ神話の本、自分のイメージでは赤い表紙だったような気がするんですよね。それがどれだけ探しても見つからない。

谷川 それは、岩波文庫ではないんですね。

工藤 ちょっと分厚くて、それを暗記するほど読みました。

谷川　じゃギリシャの神々には詳しい？　ぼく、フィレモンとバウキスっていうのに影響受けましたね。
工藤　それ、知らん！　だれですか？
谷川　ウソ！　フィレモンとバウキスっていうすごい仲のいい夫婦がいて、死ぬことになっても別れたくないっていうんで、木になっちゃって絡みあって、蔦と木になって、というような、一夫一婦制の鑑《かがみ》みたいな話で、ぼくはそれにすごい影響を受けたから、それに憧れて狂信的な一夫一婦制論者になって結婚しちゃったんですよ。そしたらうまく行かなくて……。要するにおれは、制度を守ればいいんだ、と。別に、具体的なひとりを守らなくても、一夫一婦制を守ればいいんだと思って、三度結婚しちゃったわけです。冗談じゃないです。
工藤　わたしはあの中では、運命の女神たちが、洞窟の中でたくさんのろうそく灯して、運命を左右しているシーンが、強烈に頭に残りました。

47『ぼく、デイヴィッド』エリナー・ポーター作、中村妙子訳、岩波少年文庫、二〇〇七年　48 朝日新聞に四年にわたって連載された小説。全八巻は、一九三九（昭和十四）年刊行の普及版。大日本雄辯會講談社

死の恐怖

工藤　死ぬってことはどうでした？　わたし、かなりひどかったです。

谷川　怖かった？　ぼくは自分が死ぬのが怖くないということはなかったと思うけれど、何しろマザコンだから、お母さんが死んだらどうしよう、というのが大問題ですよ。自分が死ぬことよりもそっちのほうがあって、小学校の一年生ぐらいのとき、寝床の中でお祈りなんかしてるわけ。「お母さんが死にませんように、お父さんが死にませんように、常滑《とこなめ》のおじちゃんおばちゃんが死にませんように、京都のおじちゃんおばちゃんが死にませんように、地震がおきませんように、火事になりませんように」ってやってましたね。

工藤　あら、えらいなあ。わたしは他人は関係なく、自分が「いなくなる」のが怖かった。ちっちゃいときには、うっかり眠ると、そのまま起きてこられないんじゃないか、という恐怖があって、眠いのに眠れなくて泣きだすという時期がありました。

谷川　泣きだすとだれがきてくれたの？

工藤　父ちゃんです。襖《ふすま》をあけて「どうした？」って。
でも「シヌノガコワイ」って、どうも言っちゃいけないことのような気がしてたから、「昼間読んだ本がかわいそうだったの」とか、「ころんですりむいたところが痛いの」とか、何かの理由をつけるんです。
父ちゃんは「そうか。まあ、こいや」って自分のひざの中に入れてくれました。そのとき書き物していたらそのまま書き物を続けるし、明日の釣りの支度をしたりするんです。ひざの中にすっぽり入って、父ちゃんが動くと、わたしもいっしょに動く。もう幸せで。

谷川　ねえ、いいよね。

工藤　たぶん二十分かそこらだと思う、「ま、いいだろう」とまた（ふとんに）帰されて。ほんとはまだ怖いんだけど、もう疲れてるし、寝ちゃう。

谷川　そういう幸せな場面って、ご結婚後、夫とのあいだに再現されました？

工藤　ぷぷぷ、夫は父親代わりじゃなかったですね。

谷川 夫に父親は求めなかった。もう自分が父親だったから？（笑）
工藤 そうかも。
谷川 じゃあ、夫は息子か？（笑）
工藤 気取って言えば、「盟友《めいゆう》」みたい。
谷川 息子とも盟友、夫とも盟友、恋人とも盟友、神さまとも……。
工藤 キャベツとも盟友。
谷川 ナメクジとも盟友……。はあ。その子ども時代の死の恐怖は、いまでもあります？
工藤 変化しつつも、あります。
谷川 あります？　あ、ほんと！
　きょう、さっき詩を聞いていると、カラスウリが地面に還っていって、違う感じ方になっているのかなあ、と思ったけど。
工藤 そう願っているわけです。でも、瞬間的に、ギャッってなります。
谷川 ほんと。ぼくは自分がいなくなるの、全然怖くないの。

工藤　いいな。

谷川　ぼく、すごい眠たがり屋で、眠い人なんですよ。夜眠るときに、このまま目が覚めなくて、もし死んじゃうんだったらすごいいいなあっていう感じのほうが強いの。

工藤　あ、そうか。生理的な死の恐怖は表現しにくくて。……そうか、いいな。

谷川　ぼく、死んでも自分がいなくなる、ってこのごろ思っていないから。魂永遠説に傾いちゃったんです、いつのまにか。

神さまなんていないと思ってたんだけど、このごろいると思ってるし。ただ名前は、神さまっていう名前じゃないけど。

工藤　魂永遠説……いいな。わたしもそっちに行こう。

谷川　うん。あんなに、ナメクジとかとお友だちなんだから、みんないっしょに地面に還れば全然怖くないし、自分なんてなくしたって大したことないですよ。みんな何か「自分」「自分」っていうけど、自己表現なんてしたってどうってことないんですよ。みんなぼちぼち、どんぐりの背比べだからね。

……いまでも自分がいなくなるのが怖い？

工藤　怖い。怖い瞬間がある。

谷川　いなくなったら、どうなると思うんですか？　いなくなるのは、身体だけでしょ。魂は残ってますよ。

工藤　そこが実感できるといいんだねえ。

谷川　あんなに、地面だの草だのってさ。

工藤　あの時期は一体化してるんですけどね。

自分がふたりいる

谷川　あの時期は、って、いまは違う時期なの？

工藤　ここは人ばっかりいて。

谷川　こういう場面と、自然の中でほっこりしている場面とは違う、と？　こういう場面でも自然の中にいるのと同じように自分がくつろいでいれば問題ないわけですよ。ここで緊張しちゃいけない。

工藤　くつろいでるけど。

谷川　くつろいでる？　身体、ちゃんとゆるんでる？（笑）

工藤　うん。と思うけどわからないんですよね。前に、谷川さんが、笑いながらびっくりされたことがあるんです。「え、直子さんはヤキモチ焼かないわけ？」って言われたんですね。マジメに考えると、全然ヤキモチにならない、って思ったんです。覚えておられますか？

自分で自分を判断するとき、無理してヤキモチを抑えつけているのか、それとも自然体なのかを判断するのに、もしもそれが抑えつけているんだったら、頭が痛くなるとか、胃が悪くなるとか、どこかに出てくるだろうと。それまでの五十年間、それで判断してたんですね。調子が悪ければ、どっかで無理があるんだろう。でもいままで元気できたから、「たぶんヤキモチも焼かないのが自然だと思います」って言ったら、間髪を入れずに谷川さんは、「わからないじゃない、八十になってから全部それがドーッと噴出したらどうするの」って言われましてね。

谷川　もう出ないかもしれないね。いままで聞いてると、そうとう変わった人種だから（笑）。

でも、それがきっかけで心理学に興味を持ちだして、それで河合さんともお友だちになったんだから、ぼくが言ったのも意味がなかったわけでもない。新しい道をつけたきっかけにはなったでしょう？

工藤　はい、なりました！

ところでわたし、自分用のおまじないを作るのが好きです。

水星、金星、地球、火星、木星、土星、天王星、海王星、冥王星。この太陽系の惑星の順番を覚えるのに「スイ・キン・チ・カ・モク・ドッ・テン・カイ・メイ」[49]って言うでしょ。

谷川　ああ、ナンマイダブみたいなものですね（笑）。

工藤　うん。これを唱えると、冥王星まで飛べる。すると、なんぼのもんじゃい、ってなる。でも飛びすぎるとちょっと怖かったりして（笑）。

谷川　けっこう頭で考える人だよねえ。

工藤　そうかなあ。

谷川　そうですよ。男性的なところありますね。女の人って、ほとんど言葉にならないことを内側に持ってる印象を持ってるんですよね。

工藤　あたしも持ってるはずです。

谷川　持ってらっしゃるんでしょうけど、でも相当知的なところから発想して、それを自分が生きるうえでの基礎にしているという感じ、しますね。

工藤　「一体おまえってだれ?」っていうのは、興味の対象になるんです。

谷川　「おまえってだれ?」って考えるんだ……。そういう自意識があるんだ。ぼく、「おまえってだれ?」って考えたことないですね。きっと自意識がないんだね。

工藤　「自意識なし」って谷川さんが語ると、カッコいいな(笑)。わたし、もう一つおまじないがあるんです。読みますね。

49　二〇〇六年、冥王星は、太陽系惑星から外された

おまじない

みみずみつお

こわいとき　となえる
おまじないがある
じぶんにむかって
こういうんだ
「おい、ぼくよ
ぼくがいるから
だいじょうぶ
ぼくがいるから
だいじょうぶ」

すると
ぼくがふたりいるみたいで
げんきになる

（工藤直子『のはらうたⅢ』所収、童話屋）

谷川　すごい、それドッペルゲンガー[50]とか二重人格。「ジキルとハイド」みたいなものじゃない？（笑）

工藤　だから、チビのとき辛いとき、「直子がんばれ、直子がいるじゃん」って言ってね。

谷川　その分裂が身についちゃってるから（笑）。

工藤　ほんとうにそうしたいかどうかというのが、自分で思っててもわからないんですね。

50　自分とそっくりの姿をした分身を目撃すること

谷川　それは多かれ少なかれ、だれにでもあることだけれども、その、どっちが好きかわからない、という意識の下に、意識下にあるものがあって、それが有無を言わさず、選んでしまうんですよ、ふつうは。ぼくは自分を考えるとそうですね。こんなはずじゃなかったのに、どうしてこうなったんだろう、ってことが多々あります。

工藤　男性と女性の間柄とかですか？

谷川　たとえばですね。まあ、それも一例ですが（笑）。そういうことがあって、自分が理性で判断していることの底のものってけっこう大きいし、大事だってぼく思ってて、そこんところに疑問を持ってしまうと、意識下まで行けないんじゃないかって気がちょっとするけどね。

工藤　なるほどなあ。それでいながら、その意識下が何かを動かしているんだろうと思うから、それって何？って知りたくて。

谷川　また知的な分析に行くんですよね。でも酔っ払ったときは、意識が少しとれてますよ。

工藤　ですね。酔っ払ったときの基本形は「それがどーした！」でしょう（笑）。

谷川　そうそう。それで、けっこう絡んだりしてさ。口調が変に丁寧になったりして。酔っ払ったときの自分をもうちょっと……。

工藤　思えばいいんだ。

谷川　うん。「酔っ払った私はなんだ？」て言うと、素面《しらふ》の私が「おまえは酔っ払っている」とか言うわけ？　それじゃ堂々巡りですから。

工藤　あとでお話される河合さんに、ユング心理学について知りたいと非常に熱心にお願いしたら、知ろうとするなら、「まず教育分析、自分が分析を受けるのが、いちばんいいかもしれません。お金と時間がかかりますけどね」とおっしゃった。「時間、作ります。お金もがんばって貯めます」って言って、一年後に「お願いします」って言ったら、ずいぶん考えてくださったんですけど、最終的に「やめなはれ、あんたは受けないで、詩書いといたらよろしい」って。詩を書けなくなるかも、って。

谷川　そうそう。河合さんは、その点すごく慎重で、我々みたいなクリエイティブな仕事している人に対しては、ほんとにそういうことをよく考えてくださいますよね。これはやらないほうがいい、って。たとえ現実生活で多少苦しくても、うっかり受けちゃうと、作品が生まれなくなる。我々はそういう面があるから、きっとしょうがないんですね、変でも（笑）。

賢作さん、箸休めでピアノ弾いてください。

＊ピアノ演奏「ミス・エンジェル」

ヒグレオシミつつ

谷川　川崎洋[51]という詩人がいて、ぼくは二十代初めからの友人で、いっしょに「櫂《かい》」[52]という雑誌をやっていたんです。子どものための詩もたくさん書いてるし、新聞で子どもの詩の選もしてたんですけど、亡くなってしまって、きょうが横須賀でお葬式の日なんです。ぼくは出られないので、川崎洋について書いた詩を、餞《はなむけ》に読ませてください。「ヒグレオシミつつ」という題名なんですが、川崎の詩の中に「ヒグレオシミ」という、東京で言う「ヒグラシ」ですね、蟬《せみ》の名前が出てくるので、それをもらって、それから詩の中にも彼の詩からの引用がいくつかあります。

ヒグレオシミつつ

——川崎洋に　一九八一年二月一三日

鵠沼《くげぬま》の
夏の砂の上で
駆けっこをしたな
しばらくの間じらすように並んで走り

51　詩人、放送作家、一九三〇～二〇〇四年。一九八二年から読売新聞で「こどもの詩」の選者を務めた

52　一九五三（昭和二十八）年に、茨木のり子、川崎洋によって創刊された同人詩誌。大岡信、吉野弘、中江俊夫らも参加

それからきみは
やすやすとぼくを追い越した
きみのゆったりした言葉の奥に
かくされているのはどんな
迅《はや》さなのか

語彙《ごい》という言葉を
きみは語嚢《ごのう》とおぼえていて
中江俊夫を呆《あき》れさせた
腰に下げたそのびくから
ぴちぴちしたとれ立ての魚のような語を
次から次へときみはとり出し
それらを海へ
惜し気もなく帰そうとする

その中に
絶望と記された供物もまじっているとは
ついこの間まで気づかなかった

にこにこしてやさしい人はこわいと
きみは書いたね
もちろんきみは語るに落ちてる
きみのこわさを
本当に分かるようになるまで
ぼくはあと何年
生きなければならないか

言葉でない溜息《ためいき》をする
言葉というもの

そんな言葉が海とつながってゆく
まばゆいへりのようなところで
きみと出会って
二十七年それとも二十八年
少し酔って
奥さんのむぞがりかたについて講釈したきみを
ぼくは忘れない
好きなきみの詩の中の何行かのように

そのときぎみはからかった
ぼくが性の歓びを
心底肯定はしていないと言って
そんなことはないんだ
そのときも今も

けれどきみほど楽しんでいるかどうか
自信はないよ
ひと月ほど前にぼくの書いた詩の題は
「女房を殺すには」

きみのいとおしむヒグレオシミの鳴声ほどには
今ぼくらの言葉は響かない
〈夕暮れをとっくに過ぎても
人を
まだ途方に暮れさせるもの〉
それを求めて
きみは書きつづけ多分ぼくも書きつづけ
だが書くより先に
きみは食べる

一本も虫歯がないというその
奇跡の白い歯で人生を
骨まで

そうしていつか
ぼくらの通り過ぎたあとのこの地上に
変らずにかかるだろうか
すらりと
白一色の　にじが
大またで歩く
ぼくらの娘の
うしろに

（谷川俊太郎『日々の地図』所収、集英社）

工藤　いいなあ！　谷川さんの詩の中で、長い詩がたくさんありますね。

谷川　少し長めの、ね。ぼく、お葬式で弔辞を読めって言われるでしょ。それ苦手なんで、ゆとりがあれば、詩書いちゃうんで、ひとが亡くなったときの詩はけっこうあるんですね。

工藤　谷川さんが長めの詩を朗読されるのを聞いたりしたときに、いつも似た感じが湧いてくるんで、なんだろう、と思って。いま聞いてるうちに、わたし、ちいちゃいころを思い出して、わーんて泣きながら谷川さんに駆け寄りたくなる感じがあったんですよ。

谷川　ほお！

工藤　「ああ、これか！」って思ったんです。谷川さんの周りで、みんなの目がハートになってて、これって、その、詩の朗読の吸引力かと思ったんです。

谷川　それはね、日本語です。日本語のすばらしさです。

日本語は、先祖代々つながっていて、身体の中に入っているじゃないですか。その日本語の音楽的な側面っていうのがあるんですよね。七五調がそのはっきりした例だけど。その日本語の調べに、ぼくは一体化して読んでいるという意識はあるんです。だから、たぶん日本語の持ってる力が、そういうふうに出てくるんじゃないかな、だからこれが極端なところへ行くと、お経になりますね。

工藤 ああ！ わたしは二行とか、短い詩を書くのが好きなんですけど、この吸引力は、短い詩では出てこないですね。

谷川 そうですね、それはありますね。ある程度の長さでいったほうが。

工藤 あふれてひたひたとくるものが……。

百歳になって

谷川 では、あと詩を一つずつ読んで終わりにしましょうか。

自分が魂をいまどう考えてるか、という詩です。編集者が「谷川さん、百歳になったらどんな感じですか」って聞くんですよ。「なったことがないから、わからないじゃないの」って言ったら、「詩だったら想像力で書けるでしょう」と言われて

「百歳になって」という詩を書きました。

百歳になって

百歳になったカラダに囚われて
タマシイはうずうずしている
そろそろカラダを脱いでしまいたいのだ
古くなった外套《がいとう》みたいに

「おいおい」とカラダは言う
「おれを脱いだらおまえはどうなる?」
「ふわふわどこかへ飛んで行きます」
なんだか嬉《うれ》しそうにタマシイは答える

カラダはぶるぶるふるえて怒る
「生き残るのはおまえだけか?」
不思議そうにタマシイは答える
「そんなに死ぬのが嫌ですか?」

窓の外は今年も桜の花盛り
その上の空はどこまでも青く限りなく
カラダは足腰の痛みも忘れて叫ぶ
「生きたい生きたいいつまでも!」

その生きたい自分は誰なのか
カラダなのかタマシイなのか
生れる前のことを思い出したい
ヒトの形になる前のこと

生れる前にも自分がいたら
死んだ後にも自分はいる
「死んだら死んだで生きていくさ」
私の好きな草野心平さんの言葉です

タマシイとの対話にくたびれて
カラダは寝酒をすすって布団に横たわる
夢の中でカラダはすっかり軽くなり
赤んぼみたいに笑いながら空を飛んでる

（谷川俊太郎『シャガールと木の葉』所収、集英社）

谷川　……という「魂」観でした。

工藤　その、草野心平[53]さんの言葉おもしろいな。

谷川　いいでしょう。「死んだら死んだで生きていくさ」、心平さんらしくて。

工藤　わたしは、もう一つおまじないにしている言葉があって。

谷川　いくつあるんですか。

工藤　あ、おまじないはたくさんあるんです。「三日坊主も十回やれば三十日」とかね。

谷川　それは、ことわざに近いね（笑）。

工藤　わたしが会社をやめるときに、「食べていけるかどうか、生きていけるかどうか心配なんです」と部長さんに言ったら、にっこり笑って「直ちゃん、人間は死ぬまではちゃんと生きています」（笑）って言われたんです。

谷川　なるほど。深いですね。

工藤　それで「それがどーした！」っていう感じで、胸をはってやめました。
ではわたしは、自分で書いた中で、いちばん短い詩を読みます。

夜なか
寝返りうたなきゃ　さびしくて
寝返りうつと　なおさびしくて

（工藤直子『あいたくて』所収、大日本図書）

53　詩人、一九〇三年～一九八八年。「死んだら死んだで生きてゆくのだ」は、初期の詩「ヤマカガシの腹の中から仲間に告げるゲリゲの言葉」の一節。詩集『第百階級』所収、銅鑼社、一九二八年

あや子ちゃん

谷川俊太郎

私の書いた文章が初めて活字になったのは、一九四二年に出版された『熊の子と薔薇《ばら》』という私家版の本の中です。そこで私は夏だけの隣人で、病弱だった〈あや子ちゃん〉を追悼しています。

〈あや子ちゃんはよく朝起きぬけからパジャマのまま遊びにいらっしゃる。「あや子ちゃんご飯すんだの」「いいえまだよ」「僕もまだだよ」するとお手傳《てつだ》ひの人が、おぼんにパンと牛乳を持ってくる……僕の大好きだったクレーンが一つさみしくあや子ちゃんのうちのテラスにころがってゐた。来年もさ来年も僕はもう一人で遊ばなければならない。〉

私たちの夏の家があった浅間山麓北軽井沢の大学村は、物書きや大学教師の別荘が多く、お金持ちの祖母と来ていたあや子ちゃんの家は、ちょっと違う雰囲気を持っていました。この最初のガールフレンドの死が、私にどんな影響を与えたのか、あまり意識したことはなかったし、そののち身近な人間の死を幾たびも経験してきましたが、幼なかったあや子ちゃんの死を忘れ去ることはありませんでした。十数年後同じ北軽井沢で私はこんな詩句をノートに書いていました。

何の知恵もなく死はやって来た
それが奇怪なこととは思われなかった
墓のかたちさえ空しい意味に満ちあふれ……

ふたたびすべては始まっていた
終ることを苦しみながら
証しも意味もなくただ始まることのために

（『62のソネット＋36』集英社文庫）

「ぼくが大岡から受けた影響は、現代詩の連詩という形を始めたことです」
「『折々のうた』の大ファンです。ちょっとやそっとじゃ負けないよ、みたいな」

対談Ⅲ

大岡信のこと

食わず嫌い？

谷川　このいす、かっこいいんだけど、すわりにくくて……。

工藤　若者向けのいす。でも、高いからみんなのことがよく見える。

谷川　そうね。……大岡信[54]の詩なんて読んでました？

工藤　大岡信さんの「折々のうた[55]」一本やりです。

谷川　要するに、我々は現代詩関係の人間で、現代詩の世界みたいなものがあって、まど・みちおさんとか阪田寛夫さんとか工藤直子さんは、そこをちょっと外れて、何となく門を閉ざしているみたいな感じがあるんですよね。

工藤　閉ざされてます。

谷川　やっぱりね。だから、今回、工藤さんが大岡信の詩を読んでるのかなあと思って心配したんだけど（笑）。一つや二つぐらいは読んでるでしょう？　何か好きな詩ないんですか？

工藤　あとで朗読させていただきます。

谷川　ほう。

工藤　現代詩は、たとえば、吉岡実[56]さんの「僧侶」に、二十代の初め、ガーンってなりました。

谷川　あれはすごいおもしろい詩でしたよね。現代詩の中では格段にわかりやすくて、ストーリーがあってね。

工藤　はい。大岡さんの詩は頭が良く品が良くて、「ははぁ」とひれ伏す感じになっちゃうんです。

谷川　それは偏見でしょ？（笑）

工藤　この対談で、大岡さんの裳裾《もすそ》を触って、彼の知性を、みんなと味わえるとうれしい。

谷川　知性好きなんだ？

54　詩人、評論家、一九三一～二〇一七年　55　朝日新聞朝刊の一面で、毎日一つの詩歌を紹介するコラム。一九七九（昭和五四）年にスタート、休載をはさみながら、二〇〇七（平成一九）年まで連載　56　詩人、装幀家、一九一九～一九九〇年。詩集『僧侶』で第九回Ｈ氏賞受賞

工藤　好きです。
谷川　ほんと？
工藤　飢えてます。
谷川　ああ、そう。どっちかというと体育会系でしょう？
工藤　体育会系です。
谷川　いま、槍《やり》投げやってるの？
工藤　槍投げやってます[57]（笑）。
谷川　槍投げやってる人は、知性が必要なんですね。
工藤　ほしいですね。穂先に知性をキラキラさせて！
谷川　じゃあ、吉岡さんを読んでいるのに大岡さんを読んでない、と。
工藤　そうです。
谷川　それは単なる食わず嫌い？
工藤　かもしれません。
谷川　茨木のり子[58]とか。

工藤　好きです。

谷川　川崎洋とか。

工藤　好きです。

谷川　吉野弘[59]とか。

工藤　好きです。

谷川　谷川俊太郎とか。

工藤　好きです！（笑）

谷川　それでなぜ大岡が抜けているのかが、きょうのテーマですね。

工藤　あ、平安時代とか和歌……古典の香りがするんです。大岡さんの詩や文から。

谷川　ぼくも全然古典がダメなんですけどね。でも、工藤さんって大学行ってるん

57　大切なものの一つとして、マスターズ陸上の槍投げに参加してもらった賞状をあげている。日本経済新聞、二〇一六年一一月二五日夕刊「こころの玉手箱」欄　58　詩人、一九二六〜二〇〇六年。「わたしが一番きれいだったとき」は多くの国語教科書に掲載　59　詩人、一九二六〜二〇一四年。代表作に「祝婚歌」「I was born」など

じゃない？

工藤　一応。

谷川　どこの大学だっけ。

工藤　お茶大です。

谷川　すごいじゃん。お茶大で日本の古典文学習わなかった？

工藤　中国文学。

谷川　中国文学！　じゃあ、日本の古典の元ですね。

工藤　深く問わないでくださいませ。四千年の歴史は四年間じゃ……。

谷川　それはとうてい、無理ですよね。でも、お茶大で、なおかつ知性がほしいというのは、お茶大を超える知性がほしかったわけですね？

ルナール

工藤　というか、別種の知性っていうのがこの世にはあるらしい、と。

谷川　あります。詩人の知性は別種です。

工藤　だよねえ。それ、いいなあって……。詩の知性は、なんかいい匂いがするし、きれいな色だなあと思ってたんです。それがなかった。

谷川　それはなかった？　それがなかったのに詩を書いているじゃない。

工藤　ルナール[60]の『博物誌[61]』を読んで、「こんなの書きたい」と思ったんです。

谷川　それを大学の時期に読んだ？

工藤　もう少し前。古本屋で見つけてきて。

谷川　だれの訳でした？

工藤　岸田國士《くにお》[62]さまでです。

谷川　私の最初の女房の親ですね。

工藤　はい。

谷川　なるほど。ルナールでね。

60　ジュール・ルナール。フランスの小説家、詩人、一八六四〜一九一〇年　61　原作は一八九六年出版。日本では、岸田國士訳、白水社、一九三九年／新潮文庫、一九五四年　62　劇作家、一八九〇〜一九五四年

工藤　ルナールは、わたしには、知性のある、よその国のおじさまだったんです。『にんじん』という小説は日本でも有名でした。

クラスの人に、「直ちゃん、どんな詩人が好きなの？」と聞かれたときに、中原中也とか高村光太郎ではなくて、みんなの知らなさそうな人の名前を言おうと思って、「あ、ルナールね」なんて言ったんです。

そして、「へえ。それだれ？　どんな詩？」って聞かれたとき、たとえば「蝶《ちょう》」。「二つ折りの恋文が、花の番地を捜している。」って言うと、「あら、いいわね」って友だちが言ってくれる。

谷川　「蛇」なんて、もっといいじゃない。

工藤　うん。「長すぎる。」っていうのね。

谷川　それが『のはらうた』の元か。

工藤　元です。

谷川　でも、そこから『のはらうた』にいくまで、ずいぶんいろんなものを書いてるじゃないですか。

工藤　あれこれしてました。

谷川　ねえ。あの中ですごくいい詩もありますよね。もうほとんど現代詩に近いものが。

工藤　そうかなあ。

谷川　ライオンが出てくるの、あるじゃない。おれの好きなやつ。

工藤　「てつがくのライオン」？

谷川　そう。あれは現代詩のポピュラー版で、やっぱり現代詩の世界に入ってるんですよね。

工藤　そうですか？

谷川　そうですよ。

工藤　だれも言ってくれなかったです。いまごろ言われても遅い（笑）。

谷川　あれ、何度も本になってるじゃないですか。

工藤　なりました。

谷川　それで、大岡の話なんですけど。今度は少しは読んでみたんでしょう？　このすてきな『丘のうなじ』[63]。

工藤　ここでの対談で、みんなに話を聞いてもらえる機会があると思って、『折々のうた』のほうにかまけすぎました。

谷川　ああ、『折々のうた』は大ファンなわけですね。

工藤　大ファンです。ちょっとやそっとじゃ負けないよ、みたいな。

谷川　じゃあそれは工藤さんの受け持ちですからね。

工藤　では、大岡さんのこと、聞かせてください。

「折々のうた」をファックスで

谷川　じゃあ、彼が「折々のうた」を書いた現場は？　知らないでしょう。

工藤　知らない。聞きたいです。

谷川　ぼくが大岡から受けた影響というのはいっぱいあるんですけど、いちばん大きな実際的な影響というのは、彼が連句というところから、現代詩の連詩[64]という形を始めたことです。

工藤　はい。連詩。

谷川　あれはぼくもやりたいやりたいと言って大岡をせっついて、櫂《かい》の会っていう川崎洋、茨木のり子がいた同人で始めたんだけど、大岡も国文出のくせにフランス語にやたら強かったじゃない。ぼくが知り合ったころ、読売新聞の外報部で、外電を夜中にテレタイプかなんかで受けて、その場で翻訳して新聞に出してたみたいな人なんですよね。フランスに強いもんだから、そこから連詩が国際的になっちゃったわけ。

工藤　ああ、なるほど。

谷川　で、ぼくも誘われて、ドイツ行ったりフランス行ったりしてたんですけどね。その連詩の旅にいっしょに行って、ホテルに泊まってる。そうすると、朝、大岡がバタバタバタバタバタ、フロントに行ってる。何だろうと思ったら、原稿用紙の束を持

63　谷川俊太郎編、童話屋、二〇一五年　64　大岡信が最初に櫂のメンバーと試みた、新しい詩作の形。何人かが集まり、数行ずつ詩をつなげて一つの作品にする

って、それをフランスのパリから、ファックスで東京に送ってるわけですよ。それが「折々のうた」。

工藤　はあ！　一九七九年ぐらいから始まったんですよね。

谷川　だから、連詩で詩を考えて書くのも大変なのに、彼は連詩が終わったあと、夜「折々のうた」を書いていたんですよね。資料持ってきていて。

工藤　すごいなあ。

連詩はそれぞれ

谷川　連詩というのはどうですか？　ほかの人といっしょに詩をつなげて作っていくというのはどう？　気持ちとしてやってみたいとか思う？

工藤　やってみたい気はありますが、それになじむまでにたぶん、「おら　おらでしとり　えぐも」[65]みたいな感じになるような気がする。

谷川　けっこうエゴ強そうだもんな（笑）。連詩の場合、エゴが強いのはちょっとマイナスに働くのね。

工藤　対談、座談などより、ひとりでいるときが、いちばんやんちゃに話せるんです。

谷川　そういう感じですね。

工藤　だれかがいると、あんまりしゃべっちゃうと相済まないなと思うから、なんか借りてきた猫みたいになっちゃって。

谷川　そうか。じゃあ、ぼく黙ってるから。

工藤　いやいや、やめてください（笑）。このあいだ、谷川さんと話をさせていただいたとき、たくさんしゃべってらしたよ。

谷川　えっ、だれが？

工藤　谷川さんが。

谷川　おれ、もともとすごい無口な人だから、そんなことはありえないと思うの。

おれ、自分からしゃべりたいこと、ほとんどない人だから。

工藤　そうそう。それは知ってます。

谷川　でしょう？　じゃあ、バトンタッチするからしゃべって。

工藤　ちょ、ちょっと待ってください（笑）、連詩の話です。

谷川　そうですね。

工藤　連歌とか連詩は、あまり知らなくて。興味はあるけど、まずはひとり遊びと思ってます。でも、やりだすと好きになるかもしれません。

谷川　あれは、石川淳[66]とか丸谷才一[67]らといっしょに、大岡が雑誌で歌仙連句を始めたのが最初なんです。それを見ていると、すごい楽しそうなんですよね。けっこうみんなでいちゃもん付けあったりして。

　ぼくも、ひとりで書いてるだけじゃ現代詩はどうも衰えるんじゃないかと思って、他者と交じって作るっていうのはとてもいいからといって大岡をせっついて、それで櫂の会の連中で始めたんです。だから、三鷹の彼の家のそばの蕎麦屋さんで、みんなで集まって作り始めるわけね。そうしたら、早く作れる人と、すごく長考する人がいるんですよ。

工藤　でしょうね。

谷川　吉野弘なんてそれの最たるもので。彼の番になると、二時間ぐらいどこかに行っちゃうわけ（笑）。待ってるほうはすることないから、どんどん酒を飲み始めるんです。蕎麦屋だし。

工藤　そうか。連詩って、バトンタッチしていくわけだから、吉野さんみたいに「ちょっと待って」ってどっか行っちゃうと、次へ進めないわけだ。

谷川　進めないわけですよ。

工藤　あらまあ。

谷川　だから酒飲むしかないみたいな。そうすると、眠くなるでしょう。寝ちゃうわけですよね。そういうかたちでやるのがすごい楽しい（笑）。

それが、外国では、みんなすごい拒否反応なんですよ。「えっ、他人といっしょ

66　小説家、一八九九～一九八七年　67　小説家、文芸評論家、翻訳家、一九二五～二〇一二年

の席で詩を書くなんて、トイレの扉開けっ放しと同じじゃん」みたいな、そういう言い方になるわけ。

工藤　ああ、そうなんだ。

谷川　向こうの人はそういうところから始まって……。やり始めると、だんだん楽しくなっちゃいます。それで、四、五日でだいたい終わって、最後の日はみんなで声に出して読むんですよね。そのときに、なんでこの詩にこういう詩が付いているのかを説明すると、みんなすごくわかってくれるのね。

工藤　なるほど。

谷川　だから、その最後の朗読はとてもいいんです。それで、別れるときになると、男性の詩人が泣いたりするわけ。

工藤　それはよその国の方が?

谷川　そう。ドイツ人はドイツ語で泣くわけですから（笑）よくわかりませんけどね。涙はわかる。そして握手して別れる。

工藤　そうか。みんなホコホコした感じになるんだ。

谷川　いや、そんなもんじゃないんですよ。もっと厳しいんですよ。

工藤　あらま。

谷川　いちばん厳しかったのは、東ドイツ出身の女性の詩人。

工藤　その人はドイツ語で書くんでしょう？

谷川　そうです。我々は日本語だから、翻訳者がちゃんといるわけですよね。その人は東ドイツの人で、お父さんがガチガチの共産主義者で、すごい厳しく育てられたのに、詩を書き始めて、その詩がやっぱり反体制的な詩だから、そーっと隠しておいて、アメリカに来るときに、その詩を親友に託したんですよ。そうしたら、その親友が東ドイツの体制側の人だったわけ。

工藤　あらら。

谷川　だから、その人はものすごく傷ついたわけです。それで、自分の書く詩は、そういう体験があるわけだから、そんなにみんなと仲良く書けるものじゃないんだ、みたいなことを言っていたわけ。その人がやっているあいだに徐々に徐々に打ち解けてきて、こっちの詩をちゃんと受けられるようになる。

連詩を国際的に広めたのは大岡信ですからね。彼がそういうところで、近現代詩がすごく孤立したものを溶かしていくという働きがすごくあったんです。

工藤 なるほど。そうか。むずかしそうっていうのは、食わず嫌いだったかもしれない。

谷川 だと思いますよ。これ、今度ちゃんと買って読んでくださいね。私が選んでいるから、たぶん工藤直子寄りだと思うよ。

工藤 はい。買って読みます。

谷川 それで、きょう、詩を読んでくれるんですよね。

工藤 読みます。「大岡信の日」ですから。で、『折々のうた』はどうする?

谷川 『折々のうた』のこと、話したいんでしょう? いいよ、話して。

「さんぼんまつタイムス」のこと

工藤 『折々のうた』は、朝日新聞の百周年記念でやらないかって言われて、できるかなって最初は思ってたけども、なにか自分の好奇心をツンツンつつくところがあって、やり始めたのが最初だそうです。

谷川　それは大岡の代弁ね？

工藤　はい。

三十年ほど前、『のはらうた』の前身になる、『こぶたはなこさんのおべんとう』[68]という絵本に、「のはらむら」の新聞として「さんぼんまつタイムス」というちいさなサイズの新聞を、付録として入れたんです。横書きで「さんぼんまつタイムス」。「ニューヨークタイムズ」っていう感じで（笑）。

谷川　英語で書いたんですか？

工藤　ううん、ひらがなで。「のはらむら」のイメージは、当時住んでいた「三本松」という集落がモデルです。「編集長・ふくろうげんぞう」とか、「こじかたつおさんが落し物を拾ってくれました」とか、「もぐらたけしさんが道路工事に今参加

68　いけずみひろこ絵、童話屋、一九八三年

してくれる人を探してます」とか、書いてるときに、品がいい紙面にしたいなと思って、ひらめいたのが「折々のうた」なんです。

当時、朝日新聞のトップに、名刺ぐらいの大きさで出ていてかっこよかった。「折々のうた」は、伝統ある詩歌を数珠《じゅず》のように連載していますが、わが「のはらむら」には伝統はないから、村民が詩を書くべきだな、というわけで、「折々のうた」に尊敬の意味を込めて「ときどきのうた」とした(笑)。

谷川 村民は何人いたんですか?

工藤 その当時で八十数人です。三十年後のいまは百二十五名。

谷川 それ全部虫とかそういうの?

工藤 虫とか鳥とか石ころとかカマキリとか。

谷川 で、人間はひとりっきり。

工藤 いや、わたしは代理人なので……。

谷川 人はいない。

工藤 聞き書きをさせてもらってる。で、最初に書いたのが、ちょうど時期が秋だから、秋ならどんぐりでしょうと思って。

谷川 まあ、だれでもそう思うわけじゃないけどね（笑）。

工藤 どんぐりが好きなのは、リスかノネズミでしょう、と思った。リスはもう、「こりすすみえ」として登場してるわけ。じゃあ、ノネズミだなと思って。「ときどきのうた」欄に最初に詩を書いたのが「こねずみしゅん」なんです。

谷川 なんで「しゅん」なんですか？

工藤 あ、ほんとだ！

谷川 ねえ。最初から意図的にしたでしょう。

工藤 いやいやいやいやいや……しかし、わたし、潜在的「しゅんたろう」ファンなんだね（笑）。

谷川 その「ときどきのうた」は、「折々のうた」ぐらい長続きしたわけ？

工藤 絵本シリーズ六冊に入れたので、六回。この「ときどきのうた」がおもしろいという話になって、「本にするとどうなる？」となって、「やってみようじゃん」みたいな。

谷川　それが『のはらうた』の元の元。ルナールからそういう活動を続けて『のはらうた』。

気に入りを集める

工藤　そのくらい、新聞連載の「折々のうた」が好きで。だから本が出たときにうれしくて。三十年足らずのあいだに十九冊出てますが、全部持ってまして、出るたんびに「あ、これ好き！」「ああ、これ」「うわー、それ」「あ、笑える」と、ずっとパソコンに入れこんであるんです。

谷川　自分でキーボードで打って？

工藤　打って。

谷川　スキャンじゃなくて？

工藤　スキャンじゃなくて。何十年もかけてパソコンに、『折々のうた』から『新折々のうた』までの中で、好きだと思った作品を入れました。そして、しょっちゅうプリントアウトしたり画面に出してながめたり、もう何十年もやってます。

谷川　きょうも持ってる？

工藤　持ってます。これです。『折々のうた』は、二十九年間に六七六二回。その中から、自分が好きだなと思ったのは六八三編です。

谷川　打率一割（笑）。

工藤　選ぶときは、好きかどうか、まずは解説なしで。

谷川　なしで。読まないでね。

工藤　読まない。次は大岡さんの解説を見て。そうやりながら、愛してました。

谷川　自分の中のベスト3はあります？

工藤　あります！　それは六八三選んだなかの、七十二です。どうしてこれを選んだか、大まかに分けてあります。

「意味もわからずドキリとして忘れられない」とか、生きものが好きなので「生きものたちがいい」とか、「笑ってしまうね」とか。それから、「うわ、世界が広がる、風景が広がる」っていうふうに。

谷川　なるほど。

工藤　たとえばドキッとしたのが、山口誓子[69]、一巻目の六十五ページ。「全長のさだまりて蛇すすむなり」。これを新聞で見つけたときにはドキッと硬直しちゃった。すごい、と。

谷川　なんか『のはらうた』の高級版みたいなものですね（笑）。

工藤　それとか、「戦争が廊下の奥に立つてゐた[70]」っていう有名な句。これもここで初めて読んで、ガーン。それまで知らない句だった。

谷川　何も知らないからガーンとこられたんですよね。中途半端に知ってちゃあね。

工藤　うん。

谷川　じゃあ、次のジャンル。

工藤　生きものたち。

谷川　得意分野ね。

工藤　加藤楸邨《しゅうそん》[71]が好きで。「蟻《あり》の顔に口ありて声充満す」。これは『新　折々のうた』の四巻の五十八ページ。「おおっ」みたいな。

谷川　ちょっとシュールだね。
工藤　そして、高浜虚子。[72]「金亀子《こがねむし》擲《なげう》つ闇の深さかな」。三巻の七十六ページ。
谷川　コガネムシが何？　闇をなげうったの？
工藤　違う。コガネムシなげうつ。
谷川　コガネムシを投げちゃうわけ？
工藤　投げちゃうわけ。バーンと。
谷川　なんで？
工藤　わかんない（笑）。ブーンと照明のとこ飛んできて。
谷川　投げても飛ぶんだ、コガネムシだから。
工藤　でも、投げたら羽広げてるヒマないから。いきなり真っ暗闇に吸われちゃう。
……とかね。いいと思わない？

69　俳人、一九〇一〜一九九四年。高浜虚子に師事するも、水原秋桜子の「馬酔木」へ移り、新興俳句運動に携わる　70　無季派の俳人、渡辺白泉の俳句。一九一三〜一九六九年　71　俳人、一九〇五〜一九九三年
72　俳人、一八七四〜一九五九年。正岡子規に兄事し、俳誌「ほとゝぎす」を継承する

谷川　いいですよ、そりゃあ。いいですけど……。

工藤　じゃあ、次。笑ってしまう作品。「山眠る」という季語があります。「眠る山狸《たぬき》寝入りもありぬべし」。茨木和生[73]。

あと、これも。シマウマをイメージしてくださいね。「縞馬《しまうま》の尻の穴より全方位に縞湧き出づるうるはしきかな[74]」（笑）。「シマウマを後ろから見てごらん。お尻の穴から縞が朝日の光のように出てるから」……よくぞこんなふうにね。しかも、大岡さんがニッコリ笑ってこんなの入れてくれてるんですよ。うれしいです。

最後に、風景がドッカーンって見える句。飯田蛇笏《だこつ》[75]。「くろがねの秋の風鈴鳴りにけり」。

谷川　つまんないじゃん（笑）。くろがねの秋の風鈴って、鉄でできてるの？

工藤　イエス。

谷川　すごい平凡じゃん。

工藤　あらま！　じゃあ、同じ蛇笏さまで、「をりとりてはらりとおもきすゝきかな」。……あ、そうだ、谷川さん、都会っ子なんだね。

谷川　そうじゃなくて、おれ、短歌よりか俳句のほうがまだわかるんだけど、なんか五七五でこられると、何となくやっぱり自由詩の人としては、やや抵抗を感じるんですね、きっと。

工藤　じゃあこれは？　中村草田男《くさたお》。[76]「万緑の中や吾子の歯生え初むる」。

谷川　別に（笑）。

工藤　じゃあ、これどうだ！　久保田万太郎。[77]「竹馬やいろはにほへとちり〴〵に」。

谷川　それのほうがいいね。なんかちょっと言葉遊びっぽいよね。

工藤　まあ、こんな塩梅に、いろんな詩歌を集めてました。

相性

谷川　なるほど。ぼくは、「折々のうた」が始まって、二年でやめてほしいと思っ

73　俳人、一九三九年〜　74　歌人、小池光の作品。一九四七年〜　75　俳人、一八八五〜一九六二年
76　俳人、一九〇一〜一九八三年　77　俳人、一八八九〜一九六三年

てたんですよ。ずっと続くのは問題があるってずっと思ってたのね。

工藤　ああ、なるほど。

谷川　でも、ここまで続いちゃうと、もうそれは全然問題にならないけど。

工藤　そうですか。

谷川　ぼくは、日本の詩歌の一冊のアンソロジーを作るんだと最初に思いこんじゃったんですよ。大岡が作るんだったらそれは絶対おもしろい。だから、一冊にまとまる範囲でやめてほしいという気持ちだった。でも実際に始まってみると、アンソロジーどころじゃないですよね。たぶん世界でこれ一つだったんですよ。日本を代表する朝日新聞が、つまり向こうで言うニューヨークタイムズみたいなものが、毎朝詩を載せているなんて、世界広しといえども日本だけだったわけね。

工藤　そうですね。

谷川　それはすごいことだと思う。

工藤　わたしは、とにかく連載にいそいそついていった。すると、だんだんおもしろくなってくる。大岡さんも書いておられますけれども、きょうこれだったから明日これで。その次はこれに行こうかな、って……なんて言うのかな。連詩によく似てますね。

谷川 似てるね。そうだね。

工藤 それも、いきなり大昔の、古事記以前のようなものを入れたと思ったら、次は現代の人のとかね。

谷川 それは現代詩の二行とか、けっこう取ってくれるんだよね。

工藤 そうすると、次どこへつながるんだろう、みたいな……。たまらなく楽しみでした。

谷川 連載のおもしろさですよね。

工藤 はい。

谷川 今、鷲田《わしだ》清一[78]さんがやってますよね。鷲田さんは鷲田さんで、全然また違う言葉の取り方してるから、それはそれでおもしろいんですよね。

78　哲学者、一九四九年〜

工藤　あ、谷川さんは相性みたいなのはあるんでしょうか、ということを伺いたい。

谷川　何と何のですか？

工藤　たとえば大岡さんの流れならいっしょに乗っていけるけども、とてもすてきな方でも「またね」みたいになる人もいるとか。

谷川　ああ、それはもちろんありますよね。

工藤　詩でも？

谷川　詩でもそうですよね。みんながすごいいい詩だと思ってても、自分は何となく合わないっていうのはありますね。大岡の場合、ぼくは合わないところと合うところと両方ありましたね。

工藤　なるほど。

谷川　彼はやっぱり教養があるじゃない。

工藤　教養ありすぎる。

谷川　いや、ありすぎてはいないと思う（笑）。教養あるくせに、絶対にアカデミックになりたくない人だったんですね。

工藤　ああ、そうか。

谷川　そこがすごくいいところなんですけど。だから我々が読んでもすごくおもしろいわけですよね。だけど、彼はシュールレアリスムの洗礼を受けてるのね。同世代なんだけれど。

だから、そこのところでぼくはやっぱりちょっと違うっていう感じがするの。だから、似てるところと違うところがあるのが、すごくまたいいんですけどね。ほかには、これはだれでも言ってるんだけど、大岡はきちんと論理を説く人だと思っている人が多いけど、実はそうじゃなくて、すごく感情的、感覚的な人だと。

工藤　そうか。

谷川　いろんな人がそういうふうに言ってるんですけどね。ぼくが自分と違うなと思ったのは、中学の同級生とのすごい気持ちの入れ方。早く亡くなっちゃった同級生に対して、追悼の詩を書いてるんだけど、そのころの交友の濃密さみたいなものね。ぼくはひとりっ子ということもあるんだけど、全然そういう経験がないから。そこのところはやっぱりすごくうらやましかったですね。

ねえねえ、ツンツン

工藤　なるほど。わたしは、だれかの作品とか人に出会って、いっしょにお茶したくなるとか、スリスリしたくなるとか……。

谷川　スリスリってどういうことですか？

工藤　「ねえねえ、ツンツン」。

谷川　「ねえねえ、ツンツン」？　それ、ほとんど恋愛に近いんじゃないですか。

工藤　人間以外のものでも「ねえねえ、ツンツン」。

谷川　ネズミでも蛇でもね。

工藤　蛇でも。そういう意味で言うと、大岡さんにスリスリとか、ツンツンはない。大岡さんにも「やだよ」って言われると思うけど（笑）。

谷川　なるほどね。

工藤　でも、こんな連載をおやりになる大岡さん、空前絶後だった。

谷川　そうですよね。でも、実際に会ってる？

工藤　お目にかかってない。

谷川　そこが問題なんですよね。会ってれば良かったのにね。ツンツンできたかもしれない。

工藤　ツンツンしたかった。

谷川　工藤さんも酒飲むでしょう？

工藤　飲みます。

谷川　大岡はすごい酒飲みだったからね。すごいいい酔い方の人。

工藤　ああ、そうですか。じゃあ。

谷川　明るい。だからツンツンしたら、ひっぱたかれるかもしれない（笑）。

丘のうなじ

谷川　ちょっとこのへんで、詩、読みましょうよ。

工藤　では、大岡さんの詩を朗読させていただきます。全部ひらがなで書いてある

『のはらうた』とは大違いで、とても気品に満ちた言葉で、しかもむずかしい熟語、漢字が使ってあります。もしも「何だろう、その意味」ってわからなかったら、ぜひお帰りしなに買って確かめてください（笑）。

丘のうなじ

丘のうなじがまるで光つたやうではないか
灌木《かんぼく》の葉がいつせいにひるがへつたにすぎないのに
こひびとよ　きみの眼はかたつてゐた
あめつちのはじめ　非有《ひう》だけがあつた日のふかいへこみを
ひとつの塔が曠野《こうや》に立つて在りし日を
回想してゐる開拓地をすぎ　ぼくらは未来へころげた

凍りついてしまつた微笑を解き放つには
まだいつさいがまるで敵《かたき》のやうだつたけれど

こひびとよ　そのときもきみの眼はかたつてゐた
あめつちのはじめ　非有だけがあつた日のふかいへこみを

こゑふるはせてきみはうたつた
唇を発《た》つと　こゑは素直に風と鳥に化合した

火花の雨と質屋の旗のはためきのしたで
ぼくらはつくつた　いくつかの道具と夜を

あたへることと　あたへぬことのたはむれを

とどろくことと　おどろくことのたはむれを
すべての絹がくたびれはてた衣服となる午後
ぼくらはつくつた　いくつかの諺《ことわざ》と笑ひを

編むことと　編まれることのたはむれを
うちあけることと匿《かく》すことのたはむれを

仙人が碁盤の音をひびかせてゐる谺《こだま》のうへへ
ぼくは飛ばした　体液の歓喜の羽根を

こひびとよ　そのときもきみの眼はかたつてゐた
あめつちのはじめ　非有だけがあつた日のふかいへこみを

花粉にまみれて　自我の馬は変りつづける
街角でふりかへるたび　きみの顔は見知らぬ森となつて茂つた

裸のからだの房なす思ひを翳《かげ》らせるため
天に繁つた露を溜《た》めてはきみの毛にしみこませたが

きみはおのれが発した言葉の意味とは無縁な
べつの天体　べつの液になつて光つた

こひびとよ　ぼくらはつくつた　夜の地平で
うつことと　なみうつことのたはむれを
かむことと　はにかむことのたはむれを　そして
砂に書いた壊れやすい文字を護るぼくら自身を

男は女をしばし掩《おお》ふ天体として塔となり
女は男をしばし掩ふ天体として塔となる

ひとつの塔が曠野に立つて在りし日を
回想してゐる開拓地をすぎ　ぼくらは未来へころげた

ゆゑしらぬ悲しみによつていろどられ
海の打撃の歓びによつて伴奏されるひとときの休息

丘のうなじがまるで光つたやうではないか
灌木の葉がいつせいにひるがへつたにすぎないのに

（大岡信『丘のうなじ』所収、童話屋）

工藤　うわー。長い詩でした。自分で読んでると、なかなか自分でイメージ取りこめない……。

谷川　そうだよ。読むことに神経が行っちゃうんでね。

詩友

谷川　工藤さん、詩友はいる？　詩の友だち。いますか？

工藤　詩の友……いないです。好きな詩はありますけど、友はいないです。

谷川　ぼくは、実際詩友と呼べる人はいっぱいいるわけですよね。「櫂」の人たちとかね。だけど、詩に関してほんとうに自分が密接に影響を受けたりしたのは、やっぱり大岡信しかいないの。

工藤　なるほど。

谷川　だから、彼はぼくのほとんど唯一の詩友と言ってもいいほどなんです。

工藤　ああ、そうなんだ。

谷川　そんなにプライベートな付き合いはないんです。彼、確か新年に毎年餅つき大会とかやってたりして、けっこう人が集まってたんだけど、そういうところにはぼくは全然行ってなくて。言ってみればほんとうに仕事上の付き合いなんだけど、何度か泊りがけで対談をしてるんです。それは本[79]にはなってるんですけどね。

工藤　泊りがけ対談！

谷川　そう。もちろんスポンサーがいてね。エッソっていう石油会社の、高田さんというすごくいい編集者がお膳立てをしてくれて。それはだから、ほんとうに真剣っていうか、もう気が重くなるぐらい突っこんだ話をした。それをやったことが、ぼくがいちばん彼のことを詩友だと思う大きな原因の一つなんです。

　だから、本で読むのではなくて、肉声で友だちの考え方を聞くのは、やっぱりすごく大きいですよね。

工藤　ですね。

谷川　そのときには、いい旅館に泊りがけで、朝起きて、詰めてずっと話し続けるわけ。そのときに、互いの詩を読むっていう回もあってすごいおもしろかったです。

そういう付き合いがあるから、彼は私のことを詩に書いてくれたんですよね。これもずいぶん昔の詩なんだけども、夜中におしっこに起きて書いた詩で、そこがすごくおかしいと思ってるんですけど。彼は特別におもしろいユーモアのセンスがあるんですよね。ちょっと読んでみます。これも読むのがけっこうむずかしいんです。大岡が私に書いてくれた詩と、それに対して、今度この詩集を編集したことで、あとがき代わりにそれに返した自分の詩を読みます。

初秋午前五時白い器の前にたたずみ
谷川俊太郎を思つてうたふ述懐の唄

鶏《とり》なくこゑす　目エ覚ませ

79 『詩の誕生』(エナジー対話第一号) エッソ・スタンダード石油広報部、一九七五年／思潮社、二〇〇四年

死ぬときは
たいていの人が
まだ早すぎると嘆いて死ぬよね

《まだ早すぎる！
《死にとない！

ふしぎなこと
そんなに地上が楽しかつたか？
生きやすかつたか？
謎のなかの謎とはこれ

汗の穴まで
苦しみと呪ひをまぶし

こんがりと讒謗阿諛《ざんぼうあゆ》の天火《てんぴ》のなかで
おのが一身焼きに焼き
はてに仕上がる
舌もしびれる毒の美果
これはこれ
物かく男の肉だんご

たれゆゑにみだれそめにし玉の緒は
似るも姤けるもありはしない
一皮剝《は》げば二目と見られぬ妄執のヒトデ
煮ても焼いても試し食ひなどできぬわサ
親兄弟の沈黙を笞《しもと》と感じ
白い器の眼を恐れ
たたずんでゐる夜明け

鶏なくこゑす　目ェ覚ませ

君のことなら
何度でも語れると思ふよ　おれは
どんなに醜くゆがんだ日にも
君のうたを眼で逐《お》ふと
涼しい穴がぽかりとあいた
牧草地の雨が
糞《ふん》を静かに洗ふのが君のうたさ

おれは涼しい穴を抜けて
イッスンサキハ闇ダ　といふ
君の思想の呟《つぶや》きの泡を

ぱちんぷちんとつぶしながら
気がつくと　雲のへりに坐《すわ》つてゐるのだ
坊さんめいた君のきれいな後頭部を
なつかしく見つめてゐるのだ
ぱちん……
ぱちん……

粒だつた喜びと哀しみの
この感覚を君にうまく伝へることはできまい
どんなに小さなものについても
語り尽くすことはできない
沈黙の中味は
すべて言葉

だからおれは
君のことなら何度でも語れると思ふ
人間のうちなる波への
たえまない接近も
星雲への距離を少しもちぢめやしないが
おとし穴ならいっぱいあるさ
墜落する気絶のときを
はかるのがおれの批評　おれの遊び

こんなに近くてこんなに遠い存在を
おれたちはみな
家族と呼び
友と呼び
牧草地の雨に濡れる糞のやうに

新鮮でありたいと願ふ

死ぬときは
たいていの人が
まだ早すぎると嘆いて死ぬよね
君はどうかな？
おれは？

見おろせば臍《へそ》の顔さへ
隆起のむかうに没して見えぬ
はみ出し多く恥多き肉のおだんご
それでもなほ　あと幾十年
しつとりと蒸しこんがりと焦がして欲しと
肉は言ふ　肉は叫ぶ

謎のなかの謎とはこれ

人生では
否定的要素だけが
生のうまみを醱酵《はっこう》させる
とでもまつたく言ひたげに

信《しん》・アンドロメーダ　見ーえた？
俊《しゅん》・あんたのめだま　見ーえた！

（大岡信『大岡信著作集』第三巻所収、青土社）

谷川　初めて読んだときに、大岡が自分のことを「肉だんご」と、一種露悪的に書いてるのには、ぼくはびっくりしたんです。彼は、さっきの感覚的、感情的の話とちょっとくっつくんだけど、絶対に頭だけの人ではなかった。身体ぐるみの人だったと思う。

工藤　朗読で聞くとまた……。

谷川　ちょっと通じるでしょう？　これ、読むとけっこう抽象的に見えちゃったりするんだけど。

工藤　そうですね。不思議なユーモアが。

谷川　それと、一種のやっぱり友情の「情」みたいなものがあるでしょう。

工藤　うん。

谷川　ぼくはだから、これに対して何十年も隔てて、返歌みたいなものを書いたんですけどね。

題名も、大岡の、微醺《びくん》[80]を帯びて書いた「微醺詩」があるので、ぼくもその題名をもらって「微醺をおびて」という題名で書きました。

80　ほろ酔い

微醺をおびて

おおおかぁ
おれたちいなくなっちゃうんだろうか
晩春の丘のてっぺんから
やわらかい水平線に目をほそめた日も
日めくりと一緒に屑篭《くずかご》に捨てられたんだろうか

おれたちの心の中では
目に見えなかったアンドロメダ
耳に聞こえなかった沈黙
手でさわれなかったおとし穴が
ことばの胞衣《えな》に包まれて寝息を立てている

おおおかぁ
早すぎるとはもう思わない
でもおれたち二人の肉だんごもいつかは
おとなしくことばと活字に化してしまうのかな
イッスンサキノ闇に墜落するだけなのかな

そんなこたぁないとおれは思う
鬱蒼《うっそう》と茂る君のことばの森の木々も下草も
比喩《ひゆ》の土壌に根を張りうたの空へと伸び上がる
君のことばを読んで君の声を聞きとることで
少女らはにんげんは犬猫も君を味わい君を生きる

おれはまた君と連詩で遊び呆《ほう》けたい

とりあえずアクロスティックの発詩をひとつ

おおきなおかにのぼろうよ
おおきなうみをみていると
おおきなきもちになれるから
かぜにふかれてわらってる
まことくんもみえてくる
ことばのくにをあとにして
ときのかなたをめざすのか

（谷川俊太郎／『丘のうなじ』所収、童話屋）

谷川　最後の「おおきなおかにのぼろうよ」というのは、アクロスティック[81]っていう、詩の行のいちばん上の文字を右から左に読むと「おおおかまこと」って名前が書いてあります。これも本で確かめていただけたら（笑）。

工藤　詩友は、自分にとっては大岡信さんだとおっしゃっていて。その泊りがけの対談とか、それ以外にも、いろんなかたちで……。

谷川　「櫂」の会の連詩とかね。それから、外国での連詩とか、みんな泊りがけなんですよね。

工藤　そうですか。でも、だからといって大岡さんの影響を受けるとか、谷川さんの影響を受けるようなものではないでしょう？　どうですか？

谷川　ぼくはもちろん、影響というか、教えられてますね。大岡に学んでます。それは主としてエッセイですけど。詩というのは、学びようがないところもあるわけだから。彼のエッセイにぼくはすごく学んでいると思います。それで、自分の考えていることが正しいんだということを、彼のエッセイで確認しているようなところはあると思う。

81　一つの詩の中に、別の言葉を織りこむ言葉遊びの一種。折句

背景を知って読む

工藤 そうか。大岡さんに伺いたいことを、詩友の谷川さんに伺いたいです。

谷川 私、教養ないからそれは無理かもしれないけど。ほんとですよ。

工藤 たとえば正岡子規[82]が、『折々のうた』に出てきます。わたしは、ドキリとした句の中に入れましたけど、「いくたびも雪の深さを尋ねけり」という句があります。それで、正岡子規という人を何も知らずにこの句を読んだら、目の見えない方かなとか、雪に触れたことのない人かなとか空想できるけれど、死に近い病の床にいる、あの正岡子規の句と知った上で読むと、胸にくるんですよね。正岡子規を知ってるのと知らないのとじゃ、ドッキリが違うなっていうのがあったんですね。そんなときにはどんなもんだろうと思って。

谷川 え、ドッキリしていいんじゃない?

工藤 もっと知ると、もっとドッキリするかもしれないわけ。

谷川 もっと知る、って、作者の置かれてる状況を、っていう意味?

工藤　はい。
谷川　正岡子規の奥さんだったとか？
工藤　違う違う。『病牀六尺《びょうしょうろくしゃく》』[83]をずっと読んだりして、どんどん深みに行くと……。
谷川　ぼく、全然読み方違うから。
工藤　ああ、そうか。
谷川　それは別に深く知ってるわけじゃなくて、つまり、すごくいろんな多様な読み方があるっていう、詩の一つの特徴でしょう。
　ぼくは、正岡子規は寝込んじゃっていて、どこへも行けない。自分が知らない土地からの便りに接すると、いまそこは雪降ってるんだろうな、と想像するじゃないですか。だから、それで「どうなんだ。雪は深いのか？」とか何とかって聞くというふうに取りましたけどね。
工藤　なるほど。

82　俳人、歌人、一八六七～一九〇二年　83　病に臥せてから、死の二日前まで書き続けた随筆集

谷川　だからどっちが深いとかじゃなくて、もし正岡子規の病床にはべっていたら、確かにもっと深い感動を受けると思うけど、そういうことはふつうの読者はないわけだから。子規の俳句を読んだときの自分の状況、自分の気持ちで受け取るのでいいんじゃないでしょうか。

自分の気持ちで受け取る

工藤　そうか。じゃあ、もう一つ。好きな句に、与謝蕪村《ぶそん》[84]の「月天心貧しき町を通りけり」というのがあります。わたしは読んだ瞬間にどう思ったか。月の光が貧しき町を歩いて通り抜けた、と擬人化ふうに思って。

谷川　読めますね。

工藤　それで、「ええな！」って思ったんです。あとで、これは人、つまりそこを通っている人の述懐、という解説があって、「それじゃあ、つまんないな」と、勝手に、「月の光が通っていった、だれもいない貧しい村を」と思ってました。

で、大岡さんもこのことを取り上げて、「貧しき町を通ってゆくのは月そのものだと思ってしまった」と『第五折々のうた』に書いておられる。

谷川　ああ、ほんと。

工藤　うん。わたくしは、ちっちゃくグーして「やったね！」って（笑）。だから、作品は読み手の感じ方でいいんだと思いました。

谷川　もう全然そうじゃないですか。それしかないと思うし。だから、どんなに誤解されてもそれはしょうがない。

工藤　そうか。書き手もね。

谷川　書き手ももちろん。だけど、ある範囲内での誤解・理解はあると思いますけどね。というのは、そういう理解を利用する人がいる。捻じ曲げた理解っていうのがありうるんですよね。

工藤　それは意図的に。

84　俳人、一七一六〜一七八四年。写実的で絵画的な発句を得意とした

谷川　そう、意図的に。だからそういうことをされると、つまり、詩がそういう論議の材料みたいになっちゃうでしょう。そういうのは詩の受け取り方としてはちょっと良くないなっていう感じがしますけどね。

工藤　齋藤史[85]さんという方の短歌で、生き死にのことでズンと来るのがあって……。聞いてください。

「おいとまをいただきますと戸をしめて出てゆくやうにゆかぬなり生は」。

だれが書いたのか知らなくても、ただ読んだだけでも、「おおお、そうだよ」みたいになる。作品の読みとり方として浅いのかな。

谷川　は？　全然ないでしょう、そんなこと。

工藤　わかりやすいのはダメみたいな感じで、なんかちょっとさ。

谷川　わかりやすさにもいろいろ種類があるからね。

工藤　そうか。

谷川　ほんとうの真理だったら、わかりやすいんじゃないの？　でも、その言葉を自分がどういうふうに受け取るかについては、わかりやすいとかわかりにくいの問題が、完全に自分の内部の問題になれば、それは人とは比べようがないですよね。

工藤　よしっ!（笑）

「痩《や》せはてて石渡りゆく猫一瞬振り返るなり泣いているなり」[86]なんていうのが忘れられないんですよ。

谷川　なんかすごいおセンチな詩じゃん（笑）。

工藤　おセンチかあ。猫に感情移入しちゃったかな。

谷川　そうですよ。単にそういうことだと思いますね。

工藤　でも、それだってありでしょう?

谷川　もちろんありです。

私が昔「ひとくいどじんのサムサム」[87]という歌を書いたときに、林光[88]さんが作曲してくれてね。

人食い土人が隣のお友だちを食べて、いろんなものを食べて、だんだんだんだんだん

85　歌人、一九〇九～二〇〇二年　86　女流歌人、穂積生萩の作品。一九二六年～　87　一九六一（昭和三六）年「みんなのうた」で放送　88　作曲家、一九三一～二〇一二年

お腹が空いちゃって、どんどん食べる物がなくなって、自分を食べていなくなった、っていう詩なんですね。だから、それは完全にノンセンスなつもりで書いたんだけど、ある評論家が「これは現代世界の比喩《ひゆ》である。核爆発で地球が滅びるという歌を書いた」と。

工藤　捻じ曲げ？

谷川　捻じ曲げじゃない、そんな立派な詩を書いたのかと思ってさ、うれしかったですよ（笑）。

工藤　なるほど。

谷川　詩ってそういうものでしょう？

工藤　大岡さんは、たくさん詩人の方も登場させてらっしゃるのに、谷川さんのはたった二編なんだよ。

谷川　それは現代詩だから。

工藤　谷川さんを大事に取ってあるのかな、って。

谷川　そんなことする余裕ないよ。これだけの詩を選ぶのに。

工藤　そうか。

谷川　大岡見てるとそれはよくわかるって。それと、現代詩はどうしても全部載せられない。だから、二行とか三行とかに切るでしょう。それは選者としてはやっぱりいやなんですよ。この詩をこういうふうに三行に切っていいのかっていう。

工藤　そうね。詩はみんな切らざるを得ない。ほとんどの詩がね。

谷川　だから、彼が現代詩に共感した気持ちはすごくあったと思うけど、紹介しにくかったと思う。一編の詩の名セリフだけ抜いちゃう、みたいなことになるから。

好きな一行

工藤　そうだね。最後にもう一つ質問させてください。短い詩は覚えやすいんです。谷川さんの詩の中でも、「生きる」みたいに長い詩は丸暗記できない。でも、「かっぱかっぱらった」なら……。

谷川　すぐ覚えやすいしね。

工藤　そのうえで、長い詩だけど、なぜかその中の一行だけが繰り返し思い出されるというのがいくつかあるんです。

谷川　でしょうね。

工藤　たとえば吉岡実さんの「僧侶」という詩の中でも、「石塀の向うで咳《せき》をする」[89]という一行がある。そうすると、そこだけが何十年も思い浮かぶ。そういうことってある？

谷川　もちろんありますよ。

工藤　それも読み方？

谷川　読み方って、普遍的に人に「こういうふうに読みなさい」っていう話じゃないでしょう。

工藤　ないない。

谷川　自分だけがそれで感動しているんだから、何もこんなところで自慢しなくてもいいから（笑）。おれは音楽で全然そうだからさ。

工藤　ああ、そうか。

谷川　おれなんか、ベートーヴェンの「第九」を聴いても、この三小節だけ、みたいなのが好きなの。だから、ＳＰレコード[90]のときは苦労してたんですよ（笑）。ＣＤになってすごい楽になったね。リフレインするところだけポンと押せばいい。もちろん作品としては、全体を読んであげなきゃいけないし、何か語るときは全体について語らなきゃいけないんだけど、自分の好きだったのは部分でいいんですよ。

工藤　またちっちゃなグーです（笑）。で、谷川さんの詩の心に残る一行は、『はだか』の中の「さようなら」なんです。

谷川　ああ、あれは、曲がまたすごくいいからね。

工藤　これを、朗読してもらいたい。

谷川　ダメ。

工藤　えっ！

89　「僧侶」八連より　90　毎分七十八回転のレコード。片面約五分の演奏時間。のちのＬＰレコードは、毎分約三十三回転、片面二十〜三十分の演奏時間

谷川　だって、きょうは大岡の話するんだから、おれの詩なんか読んじゃダメだよ。あとでご飯食べるときにでも読んであげるから（笑）。

快活という営み

谷川　大岡のことを語ろうと思ってきょう来てるわけだけど、まず第一に、量が多くてとうてい読み切れないっていうのがくるんですよね。彼の著作集がこんなにある。

工藤　すごいなあ。

谷川　何十年も前に、あれ見たときにビビったね。大岡はすごく思想家っていうのかな。ものを考える人で、すごくいいところがいっぱいあるんだけど、全部読もうと思うと、もう身体がすくんじゃう。彼は実際、すごいおしゃべりだったの。

工藤　ああ、そうなんだ。

谷川　若いころは割とムッツリしてとっつきにくい人だと思ったんだけど、書くものが認められるにつれて、だんだんおしゃべりになってきた。「櫂」の会は、集まってみんなで酒飲んでワイワイやってるわけでしょう。だいたい大岡の一人舞台になっちゃうんですよ。話がおもしろいし、聞くほうがいいから、みんな、なんの茶々も入れないで聞いてるだけみたいになっちゃったのね。そうしたら、それは大岡自身がちゃんと自覚していたことで……。自分と大岡の違いをさっき言ったんだけど、ぼくがいちばん違うと思ったことがあるんです。

工藤　大岡さんのことをもう少し知りたくなった。

谷川　そうでしょう？　この本はもう絶版だから買う必要ないんですけど（笑）。ここに、大岡信について、ぼくが書いたものが二つ入っていて。彼は「ユリイカ」[91]の編集者の清水さんという人に委嘱されて、「断章」というのをずっと連載してたんです。で、清水さんの「倒れるまで書き続けてください」という挑発に乗って大岡が書いた中の一節。「書くこと、書くこと、書くこと。それこそ命であるとは子

91　青土社発行の雑誌

規自身の認識だったが、私にもそれはそう思える」書くこと、書くこと、書くこと……それを彼は「快活という営み」だというのね。

工藤　すごいな。

谷川　彼は書くことでそういう暗いものを追っ払っちゃうような人だったんですよね。ぼくはこれが全然自分とは違うと思った。ぼくは書かないでいればいるほど楽なんですよ。年取ってきたら割と印税なんかがたまってきたじゃん（笑）。書かなくて済むようになってる。だから、このごろエッセイ書くゆとりができて、ちょっと大岡に近くなって、「あ、書けるなあ」なんて思って。詩はもう全然書けちゃうの。いくらでも。

工藤　タガが外れた感じ？

谷川　蛇口出しっぱなし、みたいな。でもそうすると、たぶん愚作がいっぱい出てきてるんじゃないかと思って、その愚作をちゃんと選別する目があるのかどうかがいちばん心配なんですよ。

工藤　なにをおっしゃる。

谷川　でもなんかさっき褒めてくれたから、いいかな。ここからまたおれの話になるといけないから、みなさんにご質問をいただいて、ふたりで答えましょうよ。

工藤　谷川さんは質問を受けるのがお好きなんですよね。

谷川　そう、大好き。

工藤　何かに書いてありました。小学生から「なんでそんなくだらん詩書いてるんですか」という質問をされた、って。

谷川　そういう質問がほしいです（笑）。

ニコニコ・グワシグワシ

工藤直子

　みわたすかぎりサトウキビ畑が広がる台湾の南部にいた。人家はほとんどない。家の中でも外でも、たいてい一人で遊んでいた。あたりには、水牛やガチョウ、黒山羊たちがいた。四、五歳のころだと思う。
　ある日、おやつのトウモロコシを持って、外に出かけた。おやつはたいてい外でたべる。一粒ずつぽりぽりたべていると、むこうから台湾のオトコのヒトがやってきた。はじめてみるおじさんだ。ニッコニコ笑っている。歯が白い。（熱帯の台湾では、ヒトもわたしも日に焼けて、笑うとみな歯が白い）
　オトコのヒトは、ニッコニコしながら目の前に来た。私を見つめ、ニッコニコしゃがんだ。私はおじさんの白い歯をみながらトウモロコシをかじった。……ぽりぽり、ニッコニコ、ぽりぽり、ニッコニコ……私はもうひとつ持っていたトウモロコシをおじさんにあげたくなった。「はい」。おじさんはニッコニコ受け取り、グワシっとかじりとり、すごい。……ぽりぽり、グワシグワシ、ぽりぽり、グワシグワシ、……あっというまに芯だけになった。

で、である。おじさんはたべるのをやめなかった。ニッコニコと芯をたべはじめた。(あっりゃ〜)。私は、芯がおじさんの中に豪快に消えるのを(たぶん)目をまるくして見つめていた。

以前、この記憶を、敬愛する友人に話したら、「自分があげたものを、見知らぬ他人が、ぜんぶ『受け入れて』くれる、という幸福な経験をしたから、楽天的な直ちゃんになったのだよ」と言われた。

そうだと思う。

「いっしょに住んでると、細部が気になってくるのがニンゲンだよね」
「だれかとおなじ屋根の下、というのはあんまり好きじゃない」

対談Ⅳ

第一の他人

生きもの

工藤　最近楽しいのは、トカゲや虫の好きな友人に、それらを触らせてもらえることなんですが、谷川さんは、トカゲ触ったことはないでしょう?

谷川　ありますよ。子どものころ、このへんにいっぱいいましたよ。トカゲ、ヤモリとか。すぐしっぽが取れちゃうんだよね。

工藤　そうか、そういう時間もあったんだ。河合雅雄[92]さんは昆虫少年で、外に出っぱなしだった。弟の河合隼雄さんに「行こうぜ」と誘っても、「おれ行かへん」と家から出なかった、って。田舎にいたのに、昆虫を知らなかった。だから谷川さんもそうかな、って思ったんですけど。

谷川　ぼく、生きものが死ぬのがいやな人だから、捕ったりしたくないんだよね。

工藤　死んでるか生きてるかの途中がヤだ。

谷川　途中はヤだね、確かにね。ぼくの父親[93]がエピソードを書いているんですけど。うちの庭で、おれがとつぜん泣きだすんですよ、幼児のころに。なんで泣いているのかと思ったら、カマキリかなんかがほかの虫取って食っているのがいやで、泣いたんだって。うちの父親は、それに感動してるわけ。

ライオン

雲を見ながらライオンが
女房にいった
そろそろ　めしにしようか
ライオンと女房は
連れだってでかけ
しみじみと縞馬を喰べた

（工藤直子『てつがくのライオン』所収、理論社）

92　霊長類学者、一九二四年〜。草山万兎《まと》というペンネームで、児童文学作品も書く　93　谷川徹三。哲学者、一八九五〜一九八九年

工藤　ひいきはありますか？　虫、蝶々などで。

谷川　夏、北軽井沢に行くと、いろんな種類のアカトンボがいたんですよ。それを集めて、三畳間に全部放して、最後に窓開けて逃がすというのをやってましたね。アカトンボはたくさんいて、きれいだったね。いまはいなくなっちゃってるけど。

工藤　それ、おもしろそう！　いくつぐらいのときですか？

谷川　五、六歳でしょうね。戦争で北軽に行けなくなったのが小学校六年ぐらいだから、それより前ですね。三、四年かもしれない。

工藤　ちびのころは、トンボ、捕まえられるけど、おとなになるとダメ。殺気が出るのかな。ヒョイと摑《つか》むのは、子どもでもむずかしいのに。

谷川　捕虫網も使ってたね。だってたくさん捕まえるわけだから。一匹一匹なんて捕まえられない。それこそウンカのごとく飛んでるから、簡単なんですよ。

　北軽井沢には、甲虫の類いですごくきれいなコガネムシがいて、それも好きだったね。それから、足ながおじさんのクモ。英語では、Daddy-Long-Legs[94]っていうの。

豆つぶみたいな体で、足ばっかり細くて長い。初め怖かったけれど、そのうち全然平気になる。

工藤 そんなに虫たちと会っていたとは、初耳でした。

谷川 あ、そう？ 我々世代は多かれ少なかれ会ってますけどね。

工藤 でも結局、好奇心はラジオに向かったんですね。

ふんわり浮くもの

谷川 ラジオは、だいぶあとですね。戦争ですったもんだで……。なんだろうねえ。やっぱり、小学生のころは、模型飛行機でしょうね。

工藤 その話、ちゃんと聞いたことがない。なぜ好きになったのですか？

谷川 それはあんまり言ってませんね。要するに、浮くものが好きなの。

工藤　タンポポの綿毛なんかも？

谷川　そうそう。ぼくたちは重力にしばられてる。重力のおかげで地球に生きているわけだけど、どうも重力の影響を受けないものが好き。それも、エンジンでガーガーいいながら飛ぶものじゃなくて、静かにふんわり浮かぶものが好き。トンボも静かでしょ。

　ぼく自身が空を飛んだのでいちばんいい経験は、熱気球ですね。バーナーが燃えるときはうるさいけど、止むとほんと静かになっちゃうんだよね。乗ったことなければ、いっぺん乗ったほうがいいと思う。たぶん好きになると思うよ。いまいっぱい気球クラブってあるからね。下の物音が聞こえるのがいいんですよ。

工藤　グライダーは乗ったことあります。

谷川　グライダーはけっこう、うるさいんですよ。風切るから。熱気球とは、全然違う。

工藤　あ、そうか。ふんわり浮くものが好きで。

谷川　だから雲も好き。雲に乗れたらいちばんいいから、孫悟空になりたい（笑）。

工藤　空が好きなんだ。

谷川　空に浮かぶもので、きれいなものが部屋の中にもあるといいな、と思って探したり……。

「イカロス・モンゴルフィエ・ライト」というブラッドベリ[95]の短編があるんですよ。イカロスは空を飛ぶでしょう。モンゴルフィエは初めて気球で飛んだ人、ライトは初めて飛行機で飛んだ人で、空を飛ぶことに関する、ごく短い話。その中の、モンゴルフィエの気球の模型があれば、ガスを入れて、このへんに浮かんでいたらいいな、と思いますけどね。

前に、お笑い芸人さんだったジミー大西さんの描いた飛行船をしばらく浮かばせてたことはあります。そのうち、ガスが抜けちゃったんだけど。けっこう大きかったですよ。

ただぼくは、浮かぶものが好きといっても、なんにも名前を覚えていないわけ。

95　レイ・ブラッドベリ、アメリカの小説家、詩人、一九二〇〜二〇一二年。本の所持が禁止された社会を描いたSF『華氏四五一度』や、ファンタジー小説『たんぽぽのお酒』などで知られるただ「雲」と言ってるだけで……。雲にも全部名前はあるわけだから。ものの名前を覚えるのがすごい苦手。昆虫少年は虫の名前を覚えるでしょ。

工藤　そうか。谷川さんは、ものの名前にはあんまり興味がない人なんですね。

谷川　名前をつけるのは、ニンゲンの傲慢だと思ってるんですよ。もともとみんな名無しなのに、ニンゲンが全部名前つけちゃったわけでしょう。

工藤　生意気だ。ただ、わたしが田舎でうろうろしてるとき、なにかが鳴くとか動くとかして知りたいとき、とっかかりは名前だったんです。

谷川　自分で名前つけたりしなかった？

工藤　それはなかったですね。名前がわかると、「あの鳴き方の鳥は、イソヒヨドリ[96]っていうのか」と、お近づきになれた気がしました。

谷川　ぼくは覚えられない。だから歴史が苦手でしたね。歴史って覚えなくちゃならないじゃない、年号とか人の名前を。歴史、わかる？

工藤　わたしも社会とか歴史はあまり……。

谷川　なんに興味があるの？

工藤　いろんな生きもの。それとコトバかな。

音楽は神さま

工藤　きょう伺いたいのは、音楽のことです。
谷川さんはよく、「モーツァルトはいい」とおっしゃって、言葉より音楽のほうを友だちっぽく感じてる気がします。

谷川　いや、もっと！　友だちどころじゃなくて、神さまみたいです。

工藤　すごいなあ。少しでもそれを感じられたら気持ちいいだろうなあ。

谷川　感じられないの?!

工藤　無理っす。

96　磯や岩場に生息する、ツグミ科の鳥

死と炎

かわりにしんでくれるひとがいないので
わたしはじぶんでしなねばならない
だれのほねでもない
わたしはわたしのほねになる
かなしみ
かわのながれ
ひとびとのおしゃべり
あさつゆにぬれたくものす
そのどれひとつとして
わたしはたずさえてゆくことができない
せめてすきなうただけは
きこえていてはくれぬだろうか

わたしのほねのみみに

（谷川俊太郎『クレーの絵本』所収、講談社）

谷川　あ、そう。こないだ割と親しくしている友だちに、音楽聴いて胸がいっぱいになるのか、って聞かれてびっくりしたことがある。あたりまえじゃんかって。その男はそういう経験が全然ない、音楽聴いて泣いたことがないんだって。こっちは、好きな音楽だったら涙出てくるのが当然だと思うんだけど、そうじゃない人もいるんだなあと思いました。

それから、絵を見て、総毛立つ人っているんですよ。

工藤　いっぺんだけあります。

谷川　ほんと！　絵の前で鳥肌が立つってこと、あるの？

工藤　棟方志功[97]さんの作品。気がついたら泣いてました。でも音楽では……。

97　板画家、一九〇三～一九七五年。少年時代ゴッホの絵画に感動「わだばゴッホになる」と芸術家を目指したという

谷川　ちいさいころ、どんな音楽聴いてた？

工藤　漫才と当時の流行歌のレコードですね。漫才のレコードで、おじさんふたりが「トーチカってなんや？」っていうのがあったんです。そのときに、「トーチカは遠近、遠くて近いは男女の仲の略だ」って言ったの。

谷川　うまいねー（笑）。

工藤　五、六歳のころに聞いて、ふーんと感心しました（笑）。「恋すりゃ莫迦《ばか》になるものよ」というレコードを聞いたのは十歳前後。

谷川　おれは「とんがらかっちゃ駄目よ」[98]、あれも当時有名だったんだよね。うちの父は、流行歌も童謡歌手のキンキン声も大嫌いだから、そういうレコードは全然なかったんだけど、お手伝いさんが歌っているのを子どもは覚えるわけ（笑）。

工藤　ああいうの、すぐに耳に入るね。

谷川　子ども時代は覚えるしね。

工藤　クラシックはうちにはなかった。

谷川　子ども時代になにを聞いたかはあるかもね。

工藤　もう少し大きくなってから、たとえば中学とか高校で、心に入るわけでしょう？

谷川　ぼくは明らかに思春期ですね。

工藤　それを全部スルーしてます。

谷川　そういう人もいるんですよ。たぶん音楽への感度は生まれながらのものなんじゃない？

ベートーヴェン

工藤　あ、でも二十三、四歳のときに、当時流行りはじめてたステレオ装置を買いました。ボーナス使っちゃって、あとレコード一枚くらいしか買えない。そうしたら、友人が「やっぱりベートーヴェンでしょう」と言ったんです。それで、なにも

98　歌：渡辺はま子、作詞：佐伯孝夫、作曲：三宅幹夫、一九三六年

知らずに買ったのが、ベートーヴェン一三五番、弦楽四重奏。

谷川 そんなのから聴き始めるのはすごいねー。

工藤 そしたら、すごく好きになった。

谷川 じゃ、ちゃんと感動してんじゃん。泣かないにしても。ベートーヴェン一三五は、だいぶあとになってから聞くんですけれどね。ぼくはそうでしたね。

工藤 わー、聴いてると変な気持ちになるぞ、みたいになって。

谷川 変な気持ち、というのがいちばん近いんじゃない。

工藤 なにかに囲まれてもっていかれる感じ。それが好きで。

谷川 そうそう、もっていかれる感じね、音楽の感じって。でも、そこで途切れちゃったのがおもしろいね。感動するとそこからふつう、聴き始めるんですよね。一三五番に感動したから、ほかのベートーヴェン聞いてみようとは思わなかった？

工藤 思わなかった。

谷川 一発屋なんだ。いまはそれ、持ってないわけ？

工藤 三十代でもういっぺん買い直しました。

谷川　えっ?!
工藤　ベートーヴェンの弦楽四重奏を全部。

ベートーベン

ちびだった
金はなかった
かっこわるかった
つんぼになった
女にふられた
かっこわるかった
遺書をかいた
死ななかった

かっこわるかった
さんざんだった
ひどいもんだった
なんともかっこわるい運命だった

かっこよすぎるカラヤン

（『空の青さをみつめていると　谷川俊太郎詩集1』所収、角川文庫）

谷川　そのころまだLP？

工藤　LPです。四十数年前かな。北陸の囲炉裏がある農家を借りて移り住みました。そのとき友だちにロック用の機材を頼んで。

谷川　ベートーヴェンから突如ロックに行くわけね。

工藤　畳一畳くらいの大きさのステレオスピーカーを、どん、と置いて、デヴィッド・ボウイ[99]やボブ・ディラン[100]のLPを買った。[101]そのとき、あのベートーヴェンをもう一度聴いてみようと、買ったんです。そしたらやっぱり一三五番が好きだった。インプリンティングされてたのかなあ。

谷川　それはあるかもね。

工藤　気持ちよかったですよ。周りに家がなくて、大きな音を出してもだれも聴いてない。畑を耕すとき、缶ビールを向こうの畝《うね》とこっちの畝において、向こうへ行ったら飲んで、戻ってきて飲んで……。すぐ隣の自分ちから最大の音量で音出して。

谷川　それがベートーヴェンなの？

工藤　ベートーヴェンもロックも。あのころいちばん音を遊んでました。

谷川　要するに、音楽に渇いて音楽を聴くのではなくて、「聴いてみよう」みたいな感じなんだね。やっぱり聴覚型じゃないね。

99　イギリスのミュージシャン、一九四七〜二〇一六年　100　アメリカのミュージシャン、一九四一年〜。「風に吹かれて」「ライク・ア・ローリングストーン」など多くのヒット曲があり、二〇一六年ノーベル文学賞受賞で話題となった　101　宇宙に漂流してしまうトム大佐を歌ったボウイの曲「スペイス・オディティ」が好きだった（工藤）

海行かば

工藤　谷川さんは最初どんなふうに、「お！」と思ったのかなあ？

谷川　ぼくは「海行《ゆ》かば」[102]だね。戦争中、ラジオのニュースで、勝ち戦だったら「軍艦マーチ」、負け戦っぽいときに「海行かば」と決まってたでしょ？　そのとき「海行かば」を聴いて感動した。音楽に開眼したわけです。ほかの喜怒哀楽とは全然違う気持ちになった。だから信時《のぶとき》潔は、ぼくのなかで、ベートーヴェンよりも早い作曲家ですね。たぶん初めて親にねだってレコード[103]を買ってもらった。まだ戦争中だったと思うんだけどね。中学生になったかならなかったかぐらい。

工藤　あれは強烈でした。

谷川　ぼくはたぶん、ハーモニーにいちばん感動したんだと思う。言葉は全然わからないからね。「水漬《みづ》く屍《かばね》」がどうしたの、みたいな感じで。あれは確かに音楽だけでしたね。

工藤　軍歌がいつも、ラジオから聞こえていました。

谷川　けっこう軍歌でいいのがあったんだよね。大中寅二さんの曲とかで。

工藤　戦争末期になると、特攻隊の歌[104]ができて……。悲しいメロディで、あんまり悲しすぎて確かラジオでの発表が中止になったと思う。

谷川　それからあとはよく覚えていないんだけど、戦後東京に帰ったころ、ＬＰが出始めで、ぼくは機械少年だから、ＬＰを聴ける機械を自分で一生懸命作ったりなんかしてました。ターンテーブルはもちろん作れないんだけど。

工藤　キットで？

谷川　そのころキットなんかないから、ひとつひとつ部品を買って、はんだづけして作って、音楽好きの友だちを集めて「レコードコンサート」を何回か、家でやっていましたね。ちゃんとプログラムも手書きしてさ。

102　作曲：信時潔、歌詞は万葉集から採られている（大伴家持）。海行かば水漬《みづ》く屍《かばね》／山行かば草生《む》す屍／大《おお》君《きみ》の辺《へ》にこそ死なめ／かへりみはせじ　103『海道東征』詩：北原白秋、作曲：信時潔　104　歌：春日八郎、作詞：野村俊夫、作曲：古関裕而、一九四四年。「嗚呼神風特別攻撃隊」無念の歯噛み　堪えつつ／待ちに待ちたる　決戦ぞ／今こそ敵を　屠《ほふ》らんと／奮い起ちたる若桜／／この一戦に　勝たざれば／祖国の行手　如何ならん／／撃滅せよの　命受けし／神風特別攻撃隊

工藤　そのときの選曲は、記憶にあります？

谷川　どこかに残ってるんだけど。ベートーヴェンとかモーツァルトとか、それから当時アメリカから入ってきたばかりのガーシュウィン[105]が新鮮だった。ぼくは、ドヴォルザーク[106]が好きで、そんな感じのプログラムを作って、五、六人で聴いたりしてましたね。

工藤　へえ。そういうの、浴びてみたかった。

谷川　いまからでも遅くはないでしょうが。

工藤　ですね。

あそびましょ

ピアノはこのごろ　くすぐったい
ちいさなゆびが　あそびにくる
ピアノのあしにつかまり　ペダルにさわり

ふたをあけ　ぱとぽん　と　ひいてみる
ピアノは　くすくす笑い
（この子には　わたしが
なにに　みえているのかな？）
なんて　かんがえたりする
くすぐったいピアノは
あっはっはと　夢をみる
――笛にラッパに　トライアングル
たいこたたき人形のよこで
うたっているのはママー人形

105　ジョージ・ガーシュウィン。アメリカの作曲家、一八九八～一九三七年。「ラプソディ・イン・ブルー」「サマータイム」などたくさんの楽曲で知られる。「私の彼氏（The Man I Love）」は工藤さんの十八番
106　アントニン・ドヴォルザーク。チェコの作曲家、一八四一～一九〇四年。交響曲第九番「新世界より」第二楽章の主題は、日本語の歌詞がつけられ、唱歌「家路」としても知られる

花火のように音がはじけだす
おもちゃ箱になった夢をみた

（工藤直子『ピアノは夢をみる』所収、偕成社）

はまりたい・飽きっぽい

谷川　要するに、そんなに切実に求めてないんだからいいんですよ。虫とかがいいんでしょ？

工藤　はまっていくものが、ないわけですよ。

谷川　前はあったの？

工藤　うーん……、ないです。

谷川　はまっていくものがないと最初にそう言ってくれなきゃ！　それ、よくわかるからさあ。

工藤　ただ、知りたいという気持ちはすごくあるんです。

谷川　だってベートーヴェンの一三五番に感動したんでしょ。

工藤　それだけって、お財布の中に、五円玉が入っているだけみたいな感じがする。

谷川　いいじゃん！　わたしの音楽は、ベートーヴェンの一三五だけ。

工藤　あのね、「ほーっ」ていう感じになりたい。動植物ではそういうのあるんですけど、たとえばよその国の言葉を覚えたいとも思ってる。まったくわからなかったのが、あるとき突然、全部つながった、という感じになるらしい。

谷川　赤ん坊とおんなじだよ。赤ん坊もそうなんだから。

楽器やスポーツや、いろんなものに手を出してるようだけど、いちばんモノになったのは、なんですか？

工藤　糸紡ぎと織物かな。「目指せ！　人間国宝」って言って（笑）。

谷川　理想が高すぎるんじゃない？

工藤　竹花籠編み[107]と糸紡ぎを、一生懸命やったのは五、六年。でも、九割くらいで

107　籠編みで労働大臣賞受賞（工藤）

きあがると、そこで興味がなくなる。

谷川　それはすごいわかるような気がする。ぼくも、すごい飽きっぽいから。

工藤　谷川さんも?

谷川　飽きっぽいからつぎつぎと新しいのを考えて、がんばってきたんですよ。そうしないと飽きちゃってできないから。ああでもないこうでもない、こうすればいいのかな、と……。

工藤　そうか。この道一筋の人じゃないもんね。

谷川　全然ない。飽きっぽいのはすごく長所でもあるんですよね。

工藤　ですね。飽きっぽいから、飽きないよね。

谷川　そう。また元に戻れる。飽きちゃったものに、十年くらいして戻ってきたりできるし(笑)。直子さんはそれはやらない?

工藤　春夏秋冬二回ぐらい続けると飽きます。

息抜き

谷川　それで、ハープはどうなったんですか。

工藤　みんな人にあげました。河合さんが倒れられたあとは、音楽全部やめました。

谷川　「河合隼雄が亡くなったから、わたしは音楽をやめました」ってなんかすごくかっこいいじゃない。

そう言いつのったほうがいいと思うよ。「わたしの喪の気持ちは、音楽という快楽を一切断ったことです」と言えば、みんな信用するよ。

工藤　河合さんと遊んでいるときは楽しかったです。遊ばせ上手な方でした。

谷川　河合さんもほんとうに息抜きが必要な人だったんだと思うよ。

工藤　谷川さんはどうですか、息抜き。

谷川　ひとりでいれば息抜きなの。ここ十数年は詩を書くのが息抜きだね。

台が要る

机が要る
テーブルが要る
椅子でもいい
何か台になるもの
紙を載せるためのもの
黄ばんで破れかかって
詩らしい文字が認《したた》めてある紙
真新しい印刷されたばかりの紙も
載せておかねばならない
出来合いの机に
でなければテーブル
でなければ廃材で作られた不格好な台に

むしろ海とか空そのものに
詩を載せる
一篇二篇三篇でいい
もしかすると空のテーブルには
始めから載っているのかもしれない
詩が
無文字の詩が
のほほんと

（谷川俊太郎『詩に就いて』所収、思潮社）

工藤　以前は「詩は仕事だ」っておっしゃってたのに、少し前くらいから、このごろ書くのがおもしろくなった、って。

谷川　そうそう、だれに頼まれなくても、自分で書いちゃったりしてね。

工藤　おもしろいなあ。なぜでしょう?

谷川　ほかにおもしろいことがなくなったから。簡単に言えばそうですよ。友だちはがんがん死ぬし。もちろん全然いないわけではないけれど、『ぼくはこうやって詩を書いてきた』[108]で対談をやってくれた山田馨のお見舞いに電車を乗り継いで行くぐらいしかない。武満徹もいなくなったし。大岡信も話ができないし。ぼくはオーディオが好きだったんだけど、あるところで、あとは一千万円の装置しかない、みたいになっちゃうわけ。そんなばかばかしいことできないでしょ。車もそうなの。東京では地下鉄のほうが便利だし、車は、北軽井沢へ行くときぐらいしか使わない。いまはみんな、がんがんメルセデスとかBMWとか乗ってるじゃないですか、新しい車が出ても全然楽しくない。いまのでじゅうぶん。着るものもユニクロでいいし、食べるものはもともと食い道楽じゃないから、玄米菜食でいいし。そうすると、楽しみはせめて詩を書くことぐらいかなあ、というふうになってますね。

工藤　元妻さんたちは、みんな先にいなくなったね。珍しい。

谷川　そうお？　三回結婚して三人死ぬって珍しいの？

工藤　珍しいと思うよ。男性って、相棒さんが亡くなると自分もいなくなったり。

谷川　そうそう、江藤淳みたいにね。

工藤　谷川さんは、寄りかかってないのね。

谷川　いやあ、寄りかかってるんですよ。でも復元力があるみたい。環境に順応する力が強い（笑）。うちの父親がそうだったから、これはやっぱり遺伝かなあと思うんだけど。

父親は、うちの母に生活のいろんなことは頼りっきりだった。着るものから食べるものから。でも母親が認知症になって彼の世話が全然できなくなっても、けっこう平気で、冷蔵庫からなにか出して食べてた。着るものはひとりじゃ無理みたいだったけど、女房が死んできついみたいなことは、全然ない人だったね。

工藤　お目にかかったことないけど、そんな人だったろうという気配、ありますね。

谷川　基本的に自我中心主義。まあ、エゴイストと言ってもいいくらい。群生動物

108　岩波書店編集者であった山田馨による、ロング・インタビュー集。ナナロク社、二〇一〇年

じゃあないんですね。

工藤　谷川さんもそうみたい。

谷川　そのへんは父の血を引いてるなと思った。

詩はスポーツカー

工藤　うちの父は、自分のことしかやらない人だったと思います。

谷川　基本的に、男はそういうところあると思う。日本人の男はとくに。

工藤　わたしはそれが好きだった。母が生きてたら、わたしは屈折してたと思う。

谷川　多田富雄[109]は、「女は存在、男は現象」っていうんですよ。

工藤　おもしろい！

谷川　でしょ？　まったくそうだと思うね。

工藤　河合隼雄さんは、「オスはなんもやることがないから、ピラミッド作るんですわー」、っておっしゃってたし。

谷川　ほんとにそうなんだよね。

工藤　谷川さんはそんなに男オトコしていない。

谷川　だって、どんな人も男性性と女性性があって、そのバランスが八対二の人がいれば、五対五の人がいるみたいな感じでしょ？　ぼくはやっぱり、父親が割合、亭主関白っぽく生きてたのを見てたから、反面教師で……。

それからもう一つ、詩は基本的に女性ですね、散文は男性。

工藤　なるほど。そういえば、田辺聖子[110]さんにインタビュー[111]したとき、「長編書くのは、ダム工事してるような感じです」って言ってました。

谷川　大江健三郎[112]は、「散文はダンプカーだ」って言ってました。詩はスポーツカーなんだって。かっこいいじゃない。

工藤　谷川さんの詩を読むたび、谷川さんの詩は能楽の仕舞のようだと思います。

谷川　言語は男、音楽は女。存在と現象、男と女を対極で考えるといろいろ出てく

109　免疫学者、一九三四～二〇一〇年。『免疫の意味論』（青土社）で大佛次郎賞受賞　110　小説家、一九二八年～　111　『古典の森へ　田辺聖子の誘《いざな》う』集英社、一九八八年　112　小説家、一九三五年～

るんですよね。散文、法律、契約の言葉は全部男の言葉でしょう。詩はそこからズレてるのね。

工藤　詩について、男の人は、いろんな技を使ってる気がします。

谷川　ああ、男はそうやんないと詩にならないんですよ。女はそのまま垂れ流しても詩になっちゃうみたいなところがある。悔しいけど。

工藤　「詩ってなんだろう」というときに、女の人はなにも思ってないんじゃないかなあ。

谷川　うん、なんにも思ってなくて書けちゃう。そこでなにか思うと、茨木のり子みたいになるんだよね（笑）。いや、良い意味で言ってるんですよ。茨木さんは、女の人のなかでも、すごく男性性があったけれど、死んでから出た詩集『歳月』[113]はすばらしかった。完全に女になっていて、それは感動しました。

工藤　谷川さんも詩など隠してる？

谷川　だって、生きてるうちに、原稿料稼ぎで全部出しちゃってるもん（笑）。

工藤　ちょっとくらいはあるんじゃない？　見せてほしい。

自然につながる二つのこと

谷川　なにを見せればいいのよ。おれ、けっこうあけすけに話してるじゃない。性生活の話でも聞きたいわけ？

工藤　あのでも……、えっとー……。

谷川　性は苦手？

工藤　えーと、おもしろくないじゃん。

谷川　性生活はおもしろくない！　ほー！　これは工藤直子の本質を突く言葉かも。あんなに生きものにいろいろこだわって、繁殖興味なし。おもしろいねえ。ニンゲンっていろいろだね。でも子ども産んでるんだからね。

工藤　だからあ、えーとー。朝起きて散歩して、という日常からかけ離れたものとは、性生活だけ特別とは、思えないんです。

113　亡き夫、三浦安信氏への想いを綴った四十編の詩。生前には発表されなかった。花神社、二〇〇七年

谷川　そういう面もありますね、もちろん。
　でも性は、ほんとうに生きものの基本で、人間が自然につながる二つの内の一つですからね。一つは死で、一つは性なんだから。すごい重大事なんですよね。ただ、人間の俗世間の中で、あまりにも性が、変に細かくいろんなかたちで扱われるようになったから、あれはだめだと思う人がいると思うの。だけど基本から言えば、性ってのは大変なものなんですよね。
　エリオットだったかなあ。「誕生、性交、死、それがすべてだ、それがすべてだ」っていう詩の一節があるんですよ。ほんとに基本なんだよね。

工藤　佐野洋子[114]さんが、以前「あんた、男っていいわよー、恋っていいわよー」って言うの。だから「うるさい、そんなこと昔からわかってる、わたしは森羅万象とセクシャルに出会ってるんだ」みたいなことを言ったら、「そういうのとは違う」ってきっぱり言われた。

谷川　あの人は人間世界の人だからね。人間同士のごちゃごちゃが好きなんだから。

工藤　やっぱり太刀打ちできなかった。

コピーライターになる

工藤　ところで、わたしにとっての、谷川さんとの出会いは、『魂にメスはいらない』という本でした。そもそもは、高校二年のクラスで、将来何になりたいか書かされて、考古学者か、心理学者か、美容師と書いたんです。

谷川　三択！

工藤　書いたからには、と思って調べたら、考古学は整理整頓ができないとムリだと思った。心理学は、当時フロイトさんが有名で、図書館で借りて読んだらあまり好きじゃなくて、心理学もダメだと思った。美容師はやってみたいと思いつつ、そのままずーっと大きくなって、『魂にメスはいらない』を読んだんです。

谷川　その前に博報堂とかあるでしょう？　どうしてそういう方便《たっき》の道に入ったの？

114　絵本作家、エッセイスト、一九三八〜二〇一〇年

工藤　そこしか入れなかったから。谷川さんは、会社には入っていないでしょ？

谷川　徐々に徐々に、原稿料もらうようになった、というような入り方ですね。

工藤　昭和三十二、三年当時、女の大学四年生はコネがないとほとんど入れなかった。コネなしでも受けられる、新聞社、雑誌社、出版社を受けて、全部落ちました。

谷川　受けてたの。あ、ほんと！

工藤　自分で食べなきゃならなかった。

そのころ「主婦の友」は、最後の三人まで残ったけれどだめだったし、民間放送が始まったばかりのテレビやラジオで、神戸放送のアナウンサー募集も、いい線まで行って落ちました。

谷川　ほんと！　そんなことがあったんだ。

工藤　どこでもいいから仕事したいと、その当時、人があまり知らなかった広告代理店を受けました。

谷川　そうだね、その言葉を知らないものね。

工藤　博報堂は「ああ、日記の会社ね」、電通は「電気の会社？」って言われてた。

その博報堂が、コピーライター募集をした。受かれば、と思って、行ったら受かっちゃいました。

谷川　どんな試験でした？　書く試験だった？

工藤　基本的な試験もあったけど、コピーライター用のは、写真をみてコント書けっていう。ひび割れたガラス窓の向こうに、五歳くらいのかわいい女の子がこっちを向いてにっこり笑っているという写真でした。

谷川　へえ、よく覚えてるね。どんなもの書いたか覚えてる？

工藤　おじいちゃんとその孫娘の話で書いたような記憶があります。あとで聞いたら、その文章で採られたという話でした。男二名と女ひとりの、三名が採用されて、そこからです。

谷川　なるほど。最初から筆が立ったんだね。

工藤　入ってからも、一等賞好きだからがんばりましてね。

谷川　一等賞好きなんだ。

工藤　うん。なんせ、ウケを狙うタチです。入社後一年くらい、新入社員はレポート提出するんですが、順位が社内ではりだされるから、一等賞になりたいと一生懸命でした。

谷川 がんばったんだ。ふーん。博報堂で最初の仕事はなんだったの？

工藤 ストッキングです。人に自分の文章を見せたことがないから、最初は恥ずかしくて大変でした。それを乗り越えるのが。

谷川 人に見せるのを意識しちゃったわけ？

工藤 意識しました。よく覚えているのは、新製品だったクレラップです。「なにこれ？」って。使い方がわからない。

谷川 あ、当時そういうものが少なかったから？

工藤 まったくありませんでした。匂いが移らないのが特長だと言うけれど、日本にはほとんど冷蔵庫がない時代です。

谷川 あ、そうかそうか。

工藤 匂いが移らないのがなぜいいか、わからないわけです。

谷川 でも書いたわけね。覚えている？

工藤　「おいしさをそのまま包む」

谷川　素直だね（笑）。それはちゃんと使われたわけね。

工藤　使われました。しばらくスローガンみたいに入ってました。

わたしが入社したのは、女性週刊誌が初めて出てきたころで、取材されたりもしました。「活躍する女性」として、写真入りでね。

谷川　ああそう。ぼくも「女性自身」が出始めたころに、写真につける詩を書いていましたよ。

エゴが薄い

工藤　谷川さんは、作品を人前に出すのに抵抗はなかった？

谷川　あ、それは全然なかった。自分の意識が薄いんですよ。糸井重里さんにも「エゴが薄い」って言われた。

工藤　そだね（笑）。

谷川　だから自分が書いた過去の作品を読み返すと、ときどき感動することがある（笑）。それからすっかり忘れてて、読んで「これだれ書いたの、いいじゃん」なんてこともあるし（笑）。

……ぼくは詩は恥ずかしくなかったけど、若いころ書いた散文はいま読むと恥ずかしいね。ほんとに。詩は作品にしようという意識が強いから、割と自分から手が離れてる。エッセイや散文のほうが、自分が出てるんですよね。だから若書きの散文は読みたくない、という感じ。詩は読んでもヘイキーみたいな感じ。詩のほうが自分が出てないという面が強いんですよね。

工藤　それ、あります。

谷川　直接は出ていない。逆に、自分が出ている詩は恥ずかしい。だから『女に』[115]はすごく恥ずかしいわけ。あれは出ちゃってるんだよね。朗読してるときに佐野さんが逃げだしたこともある。

工藤　最近「ＭＯＮＫＥＹ」[116]の詩を拝読しました。「友だちがいない」というテーマで書いていてという依頼から始まったんですか。

谷川　もちろんそう。そのテーマで十編書け、と言われて、えー、十編も書くの？みたいな。

工藤　十もの方向からよう書きはったなあ！

谷川　そういうふうにしないと書けない。自分が中心では十個も書けないから。全部フィクションにして、いろんな人を登場させてるんですよね。

工藤　それぞれの詩が、谷川さんが子どものころ描いた絵と組み合わされている。

谷川　そうなんだって。おれ、そういうの全然覚えてないんだよ。

工藤　谷川さんがこれを使って、とおっしゃったのかと思った。

谷川　とんでもない。編集者が昔の絵を使おうといって、段ボール一箱分持っていったんですよ。そこから選んでくれたわけ。うちの伯母が独身で子どもがいなかったから、自分の妹の子である私のものを全部取ってあったわけ。

工藤　ちゃんと残ってるんだ。捨てられないでしょ。

115　佐野洋子絵、マガジンハウス、一九九一年／集英社、二〇一二年　116　ＶＯＬ．11、「特集ともだちがいない！」二〇一七年春号、スイッチ・パブリッシング

谷川　使ってもらえるんだったら使ってもらおうじゃないの、みたいな感じ（笑）。

工藤　十編書いたとき、いちばん気に入ってるのはこれ、次これが好き、みたいになる？

谷川　ならない。ある程度、優劣は自分なりにわかりますけど、どれがいちばんいいとかにはあんまりならないね。

女の主体性

工藤　実際の谷川さんに初めて会ったのは、たぶん、わたしが静岡の函南《かんなみ》で、竹藪の中の農家を借りているとき。ぷらっといらして。

谷川　あれが初対面だったかもね。そのときに、嫉妬という感情が全然わからないという話を直子さんから聞いたんですよね。だんなさんとくっついたり離れたりくっついたり離れたりしてたというのを聞いて、びっくりしたわけですよね。

工藤　みんなにびっくりされるから、言わないけど。

谷川　このあいだ樹木希林と対談[117]したんです。あの人おもしろくて、全然離婚しないでしょう。いまだにマンションの上下に住んで、彼女が内田裕也を養ってる。内田裕也は勝手なことやってるのに、「おれは、おまえを楽しませてるんだよ」って言うんだって。それ、わかるような気がしてさ。なんにもおもしろいことがなくなったら、そういうゴタゴタがあるほうが人生楽しいのかもしれない、と思った。

工藤　ははは。わたしの場合、相手が「夫」という感覚はまったくなかったんです。

谷川　ぼくもちょっとそういうところあるね。「妻」という感覚がない、みたいな。

工藤　友人の濃い感じ。それにかっこよかった。

谷川　そりゃあ、あの人は危険な色気があった。男でも感じるよ。おれがいないときにあの人が遊びにきて、佐野洋子がおれに電話かけてきたんだよ。危険だと思ったらしいの。おれ車で行ったんだもん、救助に（笑）。

ぼくは妻とか友人とかいうより、おなじ哺乳類みたいな感じ。おれは友人という

117　いのちフォーラム「死ぬときぐらい好きにさせてよ」、二〇一七年三月

のがあんまりいない人だからさ。人間社会の中でだけでは見てないところはありますね。人間社会の中だったら、どうしたって、妻とか、母とかいうことになるわけでしょう。そういう名前がどうでもいい「他人」。他人という意識はすごくある。第一の他人。

工藤　ね！

谷川　性的な男と女よりも、他人という意識が強いかもしれないね。いっしょに住んでると、どうしてもそうなるよね。

工藤　だれかとおなじ屋根の下、というのもあんまり好きじゃない。パンダふうに、単独でいるほうが。

谷川　ぼくもあとになって考えると、別居してればよかったと思いますね。

工藤　微妙ですね。

谷川　いっしょに住んでると、細部が気になってくるのがニンゲンだよね。

工藤　向こうもそうでしょうし。

谷川　当然そうですよね。

工藤　おなじ屋根の下にいた期間は少なかったけれど、友だちに「遊びに行っていいですか」と聞かれると、「どっちに会いにくるの？」って言ってた。
谷川　進んでるねえ。
工藤　でもあるとき、結局は相手をしばっている、と思って、別れました。彼は「どうして？」と思ってたみたい。なぜかは、うまく説明できないけど。

しゅっぱつ

むねをはって　つんつん青空をつつき
風船はいうのだ
ぼく　これから「この世の果て」に
いってくるからね
あんた　なかないで　ぼくを待っててね

わかれる　というのは……
手をはなす　というのは……
じつにじつに　むずかしいなあ　と
風船の糸のはしを握りしめるのだが
風船には風船の言い分があるのだ　きっと

だから　わたしは
さびしいけれど元気よく
いっておいで！　と手をはなす

かなしみだって
空に浮かべば光ってくるさ

（工藤直子『なんとなく・青空』所収、文化出版局）

谷川　おれと佐野洋子の別れ方もそれに似てるもん。なんで佐野洋子が出ていくのか、よくわからなかったもん。「どうして?」って……。
おもしろいね。女の主体性はおもしろい。男にはわからないところがある（笑）。

工藤　でも、好きな相棒がいてよかったなあと、つくづく思います。

谷川　そりゃあそうだよね。一生添い遂げなくてもね。ときどきでもいいから、そういう人がいたのはね。

工藤　会えただけでよかった、と思います。

谷川　はい、結論！（笑）　きょうはおもしろいお話を聞かせていただいて、ありがとうございました。

タマシイ

谷川　以前、死ぬのが怖い話をしたけれど、あれから変わった?

工藤　変わりました。『魂にメスはいらない』で、いちばん興味があったのがそこでした。河合さんは自分の死が怖かったとおっしゃって、谷川さんは自分以外の人が死ぬことが怖かった、って。

谷川　というか、母親だけです。あと、だれが死んでも平気だったの。

工藤　自分ではない人の死が怖いという人がいることを、あの本で初めて知ったんです。

谷川　ああ、ほんと。

工藤　怖さがいちばん強くなったのは二十歳ごろです。この年で死んだらヤだ、と。

谷川　ああ、なるほどね。

工藤　なんでこの世に来たのかわからないうちに死んじゃうのヤだ、っていうのは、四十歳ぐらいまで続きました。だからジタバタして、『ドン・ファンの教え』[118]だのなんだの、たくさん読みました。

谷川　読破したわけね。

工藤　ところが七十五歳超えたら、もう一個ドアが開いたみたい。

谷川　どこでもドア？（笑）

工藤　四十のときには、死ぬことをいま考えたってしょうがないんだというところに無理やり着地したんだけど、それはどこか自分に言い聞かせるっていうか、理屈で恐怖をねじふせるようなところがあった。それが、八十歳近くなったら、なーんだ、そういうことか、って。どうでもよくなった、といってもいいかもしれない。……「死」を、ひょいと空中においておく感じかな？

谷川さんは、どうですか。自分の死はどうでもよくて……。

谷川　どうでもいい、わけでもないですよね。多少怖さがあったりしていましたけれど、だんだん年齢を重ねるにつれて、いまのぼくは、好奇心ですね。死んだらどうなるか。一種の楽しみ。

工藤　あ、そっち！　……その瞬間については好奇心がある。でもそのあとについては……。

谷川　あ、じゃ魂、信じてないんだ？

118　カルロス・カスタネダ著、真崎義博訳、二見書房、一九七二年／太田出版、二〇一二年。ドン・ファンは古代メキシコの伝統を引き継ぐヤキ族の呪術師

工藤　あんまり。
谷川　あ、ほんと！　おれは魂があると思ってるから。
工藤　いいな。そっちへ鞍替《くらが》えしよう。
谷川　うん、そのほうがいいと思うよ。だってどうせわかんないんだからさ。
工藤　あると思っていればいいのね。
谷川　そうそう、そのほうが身体にいいと思うね。

枯葉の上

散り敷いた枯葉の上に陽がさした
相変わらず見えないし聞こえもしないが
未知に近づいているせいか
タマシヒは謙虚になっている
とココロは思う

枯葉を踏んで音もなく猫がやってきた
穏やかな一日があれば他に何も要らない
とタマシヒが囁《ささや》いたような気がして
ココロは朝の光に寄り添う

（谷川俊太郎『おやすみ神たち』所収、ナナロク社）

工藤　昔、友だちといろんなことしゃべっているとき、どういうふうに死にたいか、という話になった。そのとき、たとえばおしっこ行きたくなって、パンツ半分脱ぎながら階段の途中でひっくりかえって、おしりむきだしのまま死んでたのをあとで発見されたらちょっとなあ、と言ったら、友だちがまじめな顔で、「空想するんなら、そんな空想はやめとき」って。

谷川　そうだよね。

工藤　せっかくなら、天使が迎えにきて、というような極上の気持ちのいい空想をしたほうがいい、って。その通りだなあと思って。だからあの世もちゃんとあると思えば、気が楽ですね。

谷川 いや、あの世かどうかはわかんないよ。諸説ふんぷんで全然わからないからね、それはしょうがないから、全部お任せ、っていう感じですね、簡単に言えば。お任せしておけば、まあおしり丸出しでも、しょうがないんじゃないの（笑）。

事実は全然だれにもわからないんだから、自分の好きなイメージを持っているのがいちばんいいよね。うちの父親の死に方がすごくよかったから、そのイメージがどうしてもあるけれど。

工藤 お父さまの話、聞くだに気持ちよさそう。ちょっとおなか下してすっからかんにして。

谷川 そう。お風呂にも入って、おやすみなさいで、あくる朝行ったらちゃんと死んでるわけだからさ。よっぽど行いがよかったのかと思うけど、そうでもない人なんだよね（笑）。

眠る前の妄想

工藤　谷川さん、寝るときに、空想とか、妄想《もうそう》とか、想像とかはしない？

谷川　あんまりしない。寝るのがすごく楽しみな人だから、だいたい瞬間的に寝てるね。

工藤　わたし、寝るときに、ああだこうだ妄想するのが大好きなんです。

谷川　どんな妄想するんですか。

工藤　いくつかある。一つは、気に入りのバラ。この部屋いっぱいくらいの大きさのバラの花で、自分はアリンコくらい。

谷川　その小ささになるわけ？

工藤　なるわけ。それで、きょうはどこに、花びらの何枚目に寝ようかなあ、みたいな感じで。

谷川　バラのしとね。

工藤　うん。匂いが強いほうがいいときは中心に近いところへ行くし、何色の花にしょうか考えて、それで寝るんですよ。

谷川　それで眠れるんですか。

工藤　気持ちいい。いい匂いだね、って思いながら。

谷川　なんか偽善的な寝方のような気がする（笑）。おれ、たぶん「バラ」っていった瞬間にもう寝てると思うね（笑）。はい、それが1。次は？

工藤　地球が「まかせておけ直子、おれが支えてやるから」って言ってくれて、「わかった」って言って寝ると、すごい気持ちいいです。全身脱力できる。

谷川　なるほど。地球に甘えて寝るわけね。

工藤　これはたまらんです。

おやすみ
　おけらりょうた

すなつぶ　まくらに　めをつぶって

ちっちゃなこえで　いったんだ
――おやすみなさい　ちきゅう

そしたら　おなかのしたから
しずかなこえが　きこえたんだ
――あさまで　だいててあげよう

わあい　こんやは　よくねむれるぞ

（工藤直子『のはらうたⅡ』所収、童話屋）

工藤　もう一つは座禅で、いい匂いの金の玉が頭にあって、体温で溶けてきて……。

谷川　それは白隠[119]さんの座禅の方法[120]で、金の玉じゃなくて、あれはバターみたいな

119　江戸中期の禅僧　120　輭《なん》酥《そ》の法。寝禅で観想する

もの。それが溶けてずーっと身体に入っていくんです。

工藤　いっぱいあふれてきて、上まで満ちて、溶けたバターに埋もれていると思うと、すんごい気持ちいい。友だちに「そんな気持ちの悪いこと！」と言われたんだけど。

谷川　んー、よくそこまで起きてるね。ふつう、途中で寝ちゃうんじゃないの？

工藤　毎日寝る時間はばらばら、好きに寝起きして、自分の気に入りの場所を想像している。

　子どものころは地下にもう一つ町がある、と想像してました。寝るたびに、床屋さんとか、パン屋さんとか増やして、町を作る。そして突き当たりの左側にわたしの家がある……と。楽しかったんです。

谷川　あ、じゃあそれが続いているんだ？

工藤　うん。

　そのほか、空を飛んで、ちいさな島に着いて、らせん状に階段があって、砂浜の下に世界があって、わたしの部屋もある、とかね。ドアを開けると、居間があって、その先に大きな樹があって、そこにわたしの好きな生きものたちがいて。
ただ、その向こうは、ぜんぶ砂漠なんです。……なんで砂漠がいいんだろう？
谷川　ああ〜。河合隼雄さんに話すればよかったね。いま聞いていると、ほとんど箱庭の世界。
工藤　ほんとだ。妄想、いくつも持ってます。全身包んでくれるヒトデ型の中に入る、とか。
谷川　ヒトデ型って、星型の？　なんでできてるの？
工藤　内側はいい気持ち。外側はなんだろうね。とにかく難攻不落なんですよ。
谷川　内側がフリースでできていて、外側はジェラルミンとか？（笑）
工藤　そこにいたら、世の中なにが起ころうと直子ＯＫ。
谷川　それ、まったく胎内願望だね。
工藤　あ、だねえ？　ほんとだ！　毎晩「きょうはどれにしよっかなー」と（笑）、忙しいよ。

空想・現実

谷川　おれ、基本的に、想像力は猥褻《わいせつ》だと思っている人なんですよ（笑）。空想力、妄想力、高名な文学の想像力も全部含めて、想像力はニンゲンが作ったもので猥褻だというのが基本だから、どうも、あんまり想像を働かせたくない。実用の現実のままでけっこう。それでけっこう、おもしろい。

工藤　なるほど。しゃっきりきっぱりしてる。

谷川　割とそうなんだよね。だから小説とか書けないんですよね。

工藤　あたし、猥褻（笑）。でも楽しいよ。……谷川さん、空想遊びは、興味ないみたいですね。

谷川　うんそう。まあ、詩を書くときは、一種空想してフィクションを書いてはいるんだけど、それが楽しいとかとはちょっと違いますね。仕事で考えてます、っていう感じですね。空想したり妄想したりするよりも、電気屋さんに行って、電気部品をいじるほうが好きっていうタイプ。

工藤　いまでも？

谷川　ラジオは、くれた人がいたりすると、聞こえるように直したりはします。

工藤　いまからできる、おもしろいことないかなあ。

谷川　詩を書けばいいじゃないですか。おもしろいよ。身体悪いところ、ないの？

工藤　太りすぎ（笑）。毎年人間ドックに入ってます。谷川さんは？

谷川　ぼくはそういうことやったことないから、全然わかんない。だって怖いもん。

工藤　おもしろいよ。

谷川　なにがおもしろいの？　おれ、自分に興味ない人だからさ。直子さん、自分に興味あるんだよね。この年になって健康なのはありがたいよね。

デコトラ

工藤　いま自分のお小遣いで作ろうと思っている詩集のタイトルが『イカダ、あるいはデコトラ』っていうんです。

谷川　どっちかに乗りたいわけ？

工藤　ううん。気がつくと、わたしはでかい海で、手作りの、畳半畳くらいのヘボいイカダに乗って揺れている、人類も生きものも全部イカダに乗ってて……。

谷川　そんな、無理じゃん！

工藤　みんなそれぞれひとりなの。ミミズはちっちゃいイカダに乗って揺れてる。そこらじゅうにイカダが浮いていて、近づいたり離れたりしている……「生きる」ってそういうわけなんだ！と思ったのが、四十歳くらいのとき。

谷川　というわけなんだ、というのは、人生の比喩《ひゆ》なんだ、なるほどなあ。ぼくは難破船で生き残った話かと思ってたら、違うんだ（笑）。

工藤　いま「日常」だと思っているイメージは違っていて、むきだしになれば、みんなイカダ的なんだと思っちゃった。じゃ、そのイカダを、デコレーショントラックのように飾りたて、好きなデコレーションの人生を作りあげようじゃないか、と思って生きていこうと。

谷川　いまデコトラなの？　地味なデコトラじゃん（笑）。デコトラってもっと派手だよ？

工藤　……すごく派手にしてる気でいる。

谷川　ほんと？　まだ足りない（笑）。

使う言葉

工藤　わたしにとって、言葉は、年代によってどんどん変わっていきます。以前詩を書くときに、どんなふうに言葉を使っておられるか、谷川さんに伺ったら、「そうですねえ、感覚的に世の中で三割くらいの人が知っている言葉なら、ぼくは使うかもしれないな」とおっしゃった。

　わたしはいま、四文字熟語とか、むずかしそうな言葉は使わなくなってるんです。でも、自分で狭くしてるという気もして。谷川さんは気にしない？

谷川　意識的に選んだりはしてませんね。いまの人はこの言葉使わないだろうみたいなことも考えるけれど、あんまりこだわらずに使っちゃってますね。

子どものもの書くときには、むしろ、こういう言葉は教えておいたほうがいいから使っちゃえとなることもありますね。子どもは知らない言葉だろうけれども、知っておいてもいいんじゃないの、ってね。

このあいだ、女子校へ行って話したら、いまの若者言葉がすごく問題になっている、って言うんだよね。「やばい」とかが問題になっていると言うから、そんなのおれたち若いころ使ってた、いきいきしてれば使ってもいいんじゃない、って言ったら、生徒たちがびっくりしてた。つまり「あのお年の人が、やばいとか平気で使ってるんだ」って。

学校っておもしろいね、そういうのはだめだって言っちゃうんだね。どう禁じたって裏言語として生きてるんだから、ちゃんと区別、けじめをつけられればいいんですよ。フォーマルなときはきちんと言えて、友だち同士はなに言ってもいい、通じ合って、生きた言葉ならいい、っていうことだと思うけどね。

呼吸法

工藤　きょうは楽しかったです。人生の残り時間、遊ぶもの、めっけます。

谷川　意識的に探しすぎてるんじゃない？　自然に見つかればいいと思うけどね。ぼくは、呼吸法をずっとやっているけれど、初めは毎朝めんどくさいなあ、と思っていたのが、だんだんやらないと気持ち悪くなっちゃって。

工藤　そこまで行くのに時間的に言うとどのくらい？

谷川　数年。

工藤　数年がんばるんだ！

谷川　がんばらなくても、だんだんクセになってくるんですよ。身体の言うことが聞けるようになってくる。

　頭はもう信用しない。左脳はできるだけ使いたくないね（笑）。右脳だけで生きていきたい。言語中枢は左脳だけど、詩は右脳だからね。ときどき左脳も使わざるをえないけれども。左脳本位の詩はつまんないですよね。

工藤　あ、ほんとにそうだ。

ものの名前が消えた

工藤　最後にもう一つ聞いてください。四十代くらいのとき、飲み屋で、いきなりものの名前が消えるということがあったんです。

谷川　ふうん。見ても名前が出てこなくなる？

工藤　そう。「コップ」とか「机」とか、実体だけで、名前が消えちまった感じ。びっくりしました。

谷川　瞬間的に脳のどこかの接続がおかしくなったんだね。

工藤　その感覚が忘れられない。なんにもなくなっちゃった。あれは花、これは床、と言葉で名付けられないところにいきなり入った。

谷川　それは貴重な体験だったんじゃないかな。

工藤　びっくりして、忘れられないです。それを、言葉を使うときにおもしろく生かせたらな、と思ってます。むつかしいですね。でもやれると、すごくおもしろい気がして。

谷川　きっといろんな、あの手この手がありますよ。

ぼく、山下清の文体で線の話を書いたとき、すごくおもしろかった。ただ、なにを書いてもいいのではなくて、芯になる物語がないとダメだから、線がどんどん外に出て行っちゃう話にしましたけどね。最後に語り手の身体の中に入って、線がおなかの中でとぐろ巻いてるみたいな話にしました。朗読会でやると、みんな喜んでくれるんですよ。

ちょっとしたきっかけで、そういう意味のない世界に入れる。ただ入りっぱなしには絶対なれないから、一つの作品の中で入ることを考えないと、ダメですね。

題名？　「海千山千」っていうの（笑）。

年輪

谷川俊太郎

近所のお寺さんが地主の借地でしたが、東京の我が家には庭がありました。家から芝生がゆるい下りで終わり、灌木《かんぼく》の茂みと小さな竹やぶの先は生垣、そこから畑地が田んぼに続いていて、家から富士山が見えていました。ジメジメした竹やぶの陰で、小学校の同級のませた子が、自分のおちんちんを仲間に披露したことがあって、その物のぬめっとした感じが印象に残っています。

芝生は第二次大戦の終わり頃カボチャ畑になりました。ほとんど味のない水っぽいカボチャでした。中学生になると月夜にそこに立って、廊下に持ち出した蓄音機で、ベートーベンを聴きました。手で巻くゼンマイは楽章の途中で緩んでしまうのがつねでした。

もっと小さい子どもの頃のことはほとんど記憶にありません。幸いアメリカの空襲を免れたので、写真は残っていて、それを見て思い出すのは家に使わない洋式の便所が一つあったこと、玄関を入ってすぐの洋間が客間で、日曜日にはそこで父が集まって来た学生や編集者と話していたこと、お春さんとお秋さんという姉妹のお手伝いさんがいて、母親の帰りが遅いのが心配で私がメソメソしていると、若いお秋さんに発破をかけられたことなど。

私はヒトの年齢を木の年輪のイメージで考えています。中心にゼロ歳の自分がいていちばん外側に現在の自分がいるというイメージ。成長、成熟はもちろんしているはずですが、過去の自分はいなくなった訳ではなく、たとえ忘れていても意識下にちゃんと存在していると思いたいのです。

「自分は飛ばなくてもいい。人間が作ったものがふわふわ飛んでるのを見るのが好き」
「魂もふわふわそこらへんにある、と思えたらうれしいなあ」

対談Ⅴ

ふわふわが好き

詩は湧いてくる

工藤　谷川さん、新聞に毎月詩を書いて[121]いらっしゃるのね。

谷川　そうですよ。

工藤　すごい、それも何年も。

谷川　何年もではなくて、二年目に入ったところ。

工藤　すごいなあ。しぼってもしぼっても出るんだ。

谷川　しぼってないってば！　湧いてくるだけ（笑）。それより、お互いに詩を書くことになってましたよね。ぼくは書きましたよ。直子さんが書くまで、まだ見せないけれど。

工藤　一編ですか？

谷川　えっ、数でこなす？　わたしは五編書く、みたいな物量作戦なの？

工藤　そう。……いやほんと、尊敬しちゃった。がんばります。

風船がほしい

工藤　仮タイトルの『ふわふわ』、谷川さんとの対談を読み返しているうちに、「ふわふわ」っていちばんいいんじゃないかと思っちゃった。谷川さんの好きなものが、ふわふわ、わたしも子どものころ、うそついて友だちから風船を取って……。

谷川　旧悪暴露じゃん（笑）。

工藤　小学校にあがる前に。友だちが遊びにきたんです。誇らしげに、ふわふわ浮く風船を持ってた。ものすごくほしくなったんだけど、その子は、紐《ひも》を握って離さない。

わたしは知恵を働かせて、忘れさせればいい、と思ったんです。風船はそこらへんに結びつけておいて、その子に「お手玉しよう」「おはじきで遊ぼう」「次はお話ごっこね」とやっていたら、その子はころっと風船のこと忘れて帰ったんですよ。

121　「どこからか言葉が」朝日新聞、二〇一六（平成二八）年九月から月一回連載

「やったね！」と思って、さあ、これから心ゆくまで、あの風船を握って遊ぼうと思ったところに、姉が帰ってきちゃった。

「あら直子、どうしたの、これ？」「○×ちゃんが忘れてった」「あ、そ。返してらっしゃい」って……。もうなんもできないうちに返しにいった。だからかな、それ以来、風船、とても好きです。

ふうせん

さなえちゃんが　いばっているときは
まゆげが　うごくから　すぐわかります
さなえちゃんは　ふうせんをもって
わたしを　よこめで　みました
それから　ふうせんのひもを　つんつんして
わたしに　いいました

「なおちゃん　ふうせん　もってる?」
わたしは　ふうせんを　みないでおこうと　おもったけど
おもったけど　みてしまう
そらの　あおいところで　ふわふわしています

わたしは　したをむいて
「さなえちゃん　おしばな　もってる?」と　いった
さなえちゃんは　やっぱり
「なおちゃん　ふうせん　もってる?」と　いいます
わたしには　ふうせんが　ないのだから
なにも　もっていない
せかいじゅうが　さなえちゃんの　ふうせんです
わたしは　てに　あせが　でたので

すかーとで　てを　ふきました
さなえちゃんが　もういっかい
「なおちゃん　ふうせん　もってる?」と　いうので
わたしは　もういっかい　あせをふいた

（工藤直子『こどものころにみた空は』所収、理論社）

谷川　よく、イベントなんかで一斉にたくさんの風船を放すじゃない?　その経験は、ぼくは、東京オリンピックの開会式のときに放たれた、オリンピック色の風船の印象が強いんだけど。市川崑《こん》監督の映画[122]の中で、脚本で関わっていたから……。でも、一斉にたくさん飛ぶ、ってよくないですね。つまらない。一個だけがすーっと空へのぼっていかないとね。

工藤　うん。それでふわふわしてないとね。

谷川　しかも子どもが間違って放してしまって、大泣きした風船が上がっていくのがいいんですよね。

うちの近所に、風船屋さん、あるんですよ。
工藤　へえ。ガス[123]を入れてくれるんですか。
谷川　だと思いますよ、ぼくは自分で入れようと思って、ガスボンベを買ったんですよ。そしたら入れ方がわからない。だから、今度そのガスボンベを持っていこうかな、と思ってるんです。
工藤　そんな近くにあったら、つまらなくなりません？　なかなか手に入れられないほうが、うれしかったりして（笑）。

模型飛行機

工藤　なんでふわふわしたものが好きになったのか、もう少し伺いたい。
谷川　なんでふわふわが好きなのか？

122　一九六四（昭和三九）年東京オリンピックの公式記録映画　123　ヘリウムガス。空気より軽い

工藤　地面と関係があるのかな。
谷川　もちろんそうです。引力は便利だけど、ないといいなと思ってましたね。
工藤　いつごろから好きでした？
谷川　戦前だからゴム風船はありましたよね。もらったりしたたし。
　でも非常に意識するようになったのは、やっぱり小学生になって、模型飛行機を作るようになってからですね。自分が作ったものは、とにかく飛ばなきゃいやなわけですよ。そのころもうすでに、エンジンがついた高級な模型飛行機がありました。それはだいたい貴族の子弟が作ったりしてましたよ。
工藤　かっこいい趣味なわけですね。
谷川　高級な趣味だったんですね。私のは、ゴム動力の「一本胴」といって、胴が一本で、紙を貼って翼を作るんです。
工藤　輪ゴムをギリギリ巻く？
谷川　輪ゴムなんてものじゃないですけどね。それ用のゴムです。
　それを巻くワインダーという機械があって、ゴムを引っぱりながら機械で巻くと、だんだんこぶができてくる。一重こぶ、二重こぶ、三重こぶと、巻くに従ってこぶが増えていく。

それをいっぱいに巻いて、飛ばすわけです。でも、それがなかなか飛ばない。私がぶきっちょだから、なかなか飛んでくれない。

お隣に、小林彰太郎[124]さんといって、すごく手が器用な人がいて、おれから見ると、高嶺《たかね》の花の模型をじゃんじゃん作る人がいました。その人にくっついていって、村の田んぼで飛ばしたりしてました……あ、飛ばしたじゃない、飛ぶのを見せてもらったりしてました（笑）。

その方は、石鹸や洗剤を作る会社のライオンを創業した一族のひとりだったんだけど、後年、自動車の専門家になって、「カーグラフィック」という有名な自動車雑誌を創刊して。自動車に関しても、ぼくは彼の弟子なんですよ。

124　自動車評論家、一九二九〜二〇一三年

模型飛行機

やっと出来た模型飛行機
おどる心をおさへながら
ゴムをまく

高くさし上げた手がふるへる
プロペラを離した
一瞬機はブーンといふ快い音を残して
秋晴の空へ飛立った
生き物のやうにせん回しながら

あれは僕の苦心の結晶だ
自分が作ったのだ

と思ふ
そばに居たをぢさんが驚いて居た
やがて着陸した機を取りに行くと
急に威張りたくなって来た
田んぼ道を帰る時も
嬉しくって仕様がなかった

（谷川俊太郎、山田馨『ぼくはこうやって詩を書いてきた』所収、ナナロク社）

飛んでいるのを見るたのしさ

工藤　それは自分が飛んでるような感じになるわけですね？

谷川　ならないんです（笑）。

工藤　あれ？

谷川　自分は別に飛ばなくていいんですよ。飛んでいるのを見るのが好きなの。
　だからこのごろぼくは、もっぱらユーチューブですよ。飛んでるものがいっぱい見られる。

工藤　なにが飛んでるの？

谷川　鳥とかではなく、人間が作るものです。自然物ではなく、人間がどこまでふわふわ飛ぶものが作れるか……、いますごい技術なんです。ちっちゃい飛ぶ虫まで作れるんですよ。

工藤　すごい。わたしは紙飛行機がどのくらい滞空するか、というのをテレビで見たけど。

谷川　ああ、体育館で投げるやつ？　そういうのは、ぼくはあんまり興味がなくて。

工藤　好みっておもしろいね（笑）。

谷川　いちばん憧れているのは、紙ではない薄い透明な膜を張った、一グラムとか二グラムとか、すごく軽い、でもちゃんとした模型飛行機。それを飛ばす大会があって、体育館の中を、ほんとにゆっくり回るプロペラで、ずーっと飛んでるんですよね。

工藤　それは、少年のころの記憶ですか。それとも、おとなになってから？

谷川　少年のころ、すでにあったけれども、高嶺の花で、自分は作れないし、そういう年ごろでもなかったし、もっぱら雑誌で見て憧れてただけ。

それを、十年くらい前かな、ユーチューブで見られたときは感動しましたね。だいたい飛ぶものは、音がするでしょう。体育館をくるくる回る透明な機体は、全然音がしない。それがすごい優雅なの。

工藤　そういえば、浮く風船以外に、わたしは紙風船が好きでした。

谷川　手でポンとついて遊ぶのは、あまり興味ないんですよ。ぼくはボールのスポーツ、全然興味がないから。

工藤　……ちっちゃいころ谷川さんが近所にいたら、いっしょに遊ばなかっただろうなあ（笑）。

たんぽぽの綿毛づくり

谷川　空に浮かぶ雲や、タンポポは好きですよ。
工藤　タンポポといっても、金色の花びらじゃなくて、ふわふわの？
谷川　種ですよ。花には全然興味がないから。
工藤　きっぱりしてますね。わたしもタンポポとても好きで、『のはらうた』にも、綿毛になったタンポポのうたを書いています。

ねがいごと
　たんぽぽはるか

あいたくて
あいたくて
あいたくて

あいたくて
・・・
きょうも
わたげを
とばします

（工藤直子『のはらうたⅢ』所収、童話屋）

谷川　綿毛のようなものを見ると、ほんとに自然はすごいと思う。人間の作ったものなんて、自然に比べるとね。

工藤　人間は真似してますね。タンポポに関して、しょっちゅう見てたら、自分で気がついたことがあって……。金色の花をつけて、蜜蜂が飛んできたりしてたのが、あるとき、フニって萎《しお》れちゃうんです。せっかくこれから綿毛になろうというときに、つぎつぎにばったり倒れてるから、かわいそうだなあ、と思ってたんですね。そしたら、三、四日すると、それがすっくと立ち上がった。

谷川　へぇ！

工藤　しかも、それまで二十センチくらいだった茎が、三、四十センチに伸びている。そしてそのてっぺんで、ぶわっと綿毛を広げるんです。うわー、なるほど、と思って。茎を立てたままだと、風で折れちゃう。だから倒れたふりして、しっかり種を作って、さあ、というときに倍くらい茎を伸ばす。かっこいい、と思いました。

谷川　図鑑には科学的な説明が載ってるの？

工藤　たぶん載ってます。タンポポも一生懸命やってるんだね。

鳥の滑空

谷川　ふわふわでいうと、鳥が羽ばたかずに滑空してるのが好きですよ。

工藤　じゃ、フクロウなんか、いちばんすごいじゃないですか。音もしないし。

谷川　あれは、ちょっとむくつけき感じするから（笑）。カモメみたいなかっこいい鳥が海の上で滑空するのが……。

工藤　あれはふわふわっていうよりも、ぴゅう〜、じゃん。

谷川　いや、よく見てると、ちゃんと自分でコントロールしてますよ（笑）。方向転換とか、いろいろ技術的に。

工藤　してるけど……。

谷川　だから、ひゅう〜っていうときもあるけれど、いかにも、ふわふわって感じのときもあるんですよ。

ぼく、とんびが輪を描いて、滑空しているのがすごく好きなんですよ。「とんびのぴーひょろろ」[125]っていう歌も作りましたよ。私のレパートリーの一つで、朗読のときに、賢作がいれば伴奏してもらって歌ったりしています。

工藤　そうですか。鳥たちのふわふわ、たまらないですね。エナガ[126]はどうですか？

谷川　ぼく、鳥の名前なんか全然覚えないもん。だいたいあんまり観察しないから。

工藤　たいてい大勢でいるんですよ。

125　『うたのほん　日本語のおけいこ』所収、長新太絵、理論社、一九六五年　126　丸い体に長い尾羽がついた小鳥

谷川　じゃあ、うちにはいない。うちに大勢はこないもん。鳥はだいたいひとりでくる。

工藤　そうかなあ。エナガ、じつにふわふわですよ。

現実に矛盾しないファンタジー

谷川　雲も、觔斗雲《きんとうん》[127]なんか憧れなかった。

工藤　ああ。乗ることもないから？

谷川　雲に乗れるはずないだろうって、子ども心に思うわけですよ。あれはインチキだと。雲に乗る絵本はけっこうあって、ぼくも訳したりしてますが、絵がすごくよくても、雲に乗るという現実感が邪魔して、あんまり楽しめなくて……。ぼくは、日常的な現実に矛盾しないファンタジーが好きなんですよ。

工藤　そうみたいですね。今回の対談を通じて、そうなんだと思いました。

谷川　たとえば、このあいだ、クマがピアノを弾く絵本があったんだけど、クマの手でピアノ弾けるはずがない、って思っちゃう（笑）。ちゃんと五本の指で弾かなきゃ、ピアノがかわいそう。

工藤　そういえば、谷川さんの作られたものは、基本的に人が中心で、クマがピアノを弾くようなお話はないですね。

谷川　植物、動物が主人公って、あんまりないね。

工藤　わたしは、ほとんど全部、そうなんですよ。クマがピアノ弾くはずがない、と言われたら、わたしのイルカとクジラの話[128]など、谷川さんになんて言われるかと思うんだけど。

谷川　それはコトバの力ですね。

工藤　思いこませればいい？

谷川　ばかばかしかったらＯＫなの。だっておれの「かっぱかっぱらった[129]」なんて、すごいばかばかしいでしょう？　あんなこと、かっぱがするはずないのに。だから、

127　『西遊記』の中で、孫悟空が乗って空を飛ぶ雲。觔斗は「宙返り」の意　128　『ともだちは海のにおい』長新太絵、理論社、一九八四年　129　『ことばあそびうた』所収、瀬川康男絵、福音館書店、一九七三年

荒唐無稽なら、それで成り立つんだけど、変に日常的な現実と結びついてると、矛盾が気になるみたい。

ほんとうらしく書く

工藤 クジラとかイルカとかライオンの話を書くとき、自分が人間だってこと、忘れて書いてる気がする。『ともだちは海のにおい』では、本を読むのが好きなクジラがいて、本をいつでも読めるように、口の中に本箱を入れている。ビールを飲むのも好きで、冷蔵庫も入れてあるから、クジラが泳ぐと、中のビール瓶が揺れてカチャカチャ音がする、って書いた。

それって、大きさの比率もなにも全然ダメなわけじゃない？ でも抗議の手紙、こない。「やったね！」と思ってるんです。

谷川 それ、みんな呆《あき》れてるだけじゃない？

工藤　そうだったか！（笑）　絵の力があるのかもなあ。長新太[130]さんが描いてくださった絵では、クジラはメガネをかけている。あたりまえのように「そうだよね」って思えちゃう。

そう考えると、絵は大変ですね。言葉はなんでも好きなように言える。

谷川　ほんとにね。いくらでもごまかせるんだよね。

そこらへんにある魂

工藤　ふわふわとも連動してるけど、魂の話もしてくださった。魂ってあると思いますよ、っておっしゃった。それで、きょう、ちょっと持ってきたんですけど。

谷川　えっ、タマシイを？

工藤　ちゃうちゃう（笑）。本です。わたしが聞き手になって、心理療法家の河合

130　漫画家、絵本作家、一九二七〜二〇〇五年

隼雄さんに伺った話をまとめた『こころの天気図』[131]に、谷川さんと河合さんの対談があって……。

谷川　えらいなあ、ちゃんと勉強してくるんだ。

工藤　この本を、久しぶりに読み直したら、谷川さんと佐野洋子さんと阪田寛夫さんがそれぞれ河合さんと対談していて、すごくおもしろかった。三人とも魂のこと、聞いているんだよね。

わたしたち八十歳を超えたじゃないですか。そうすると、五、六歳のときからいまに至って、変わったところと変わらないところがあると思うけれど、魂の思い方、魂との出会い方って、どんなふうです？　魂はふわふわそこらへんにある、と思ってらっしゃる気配を感じるんですけど。わたしも、そういう感じ方ができたら、うれしいなあ、と思っているので、詳しくお話くださいませんか。

谷川　子どものころは、怖いものだったんですよね。たとえば、人魂《ひとだま》は、人間の魂って書くでしょ？　そういう怖い話、いっぱい読んでいるから、墓場で、鬼火みたいなものがあると、それが魂かと思ったり……。それと、キリスト教の幼稚園だったから、そこで見た掛け図には、天使が秤《はかり》で量っていて、青いほうが落っこちると地獄行きというような、善と悪のイメージがあった。でも、それに熱中はしなかった。日本人の汎神論的[132]な感性がいちばん基本にあったから、一神教には深入りできなかったって感じですね。なにしろ、いちばん怖かったのは、自分の母親が死ぬことで、それは魂と関係していたな、といまになれば思いますね。

お祈りはしない

谷川　だからそのころは、寝る前にお祈りもしてました。

工藤　ほんと？　お祈りって、すがる縁《よすが》になる？

谷川　そのころは、ね。いまもう全然ない。そのころは、寝る前に横たわって、指組んで、「お母さんが死にませんように」ってやってました。いちばん頼りにして

131　毎日新聞社、一九九〇年／ＰＨＰ研究所、二〇一五年　132　すべてのものに神が宿っているとする考え方

いるお母さんから始まって、お父さんにいって、京都と、愛知県の常滑《とこなめ》に叔父伯母がいたからそこにいって、それから火事にいって、地震にいったのかな。そんな感じですね。

工藤　天変地異にも遭いませんように？

谷川　もちろん。地震になりませんように。火事になりませんように。でも社会的な、たとえば戦争に負けませんようにとか、一切なかったね。

工藤　ご自分のことは願わなかったんですか。

谷川　自分のこと、ないんですよ、ぼく。

はる

はなをこえて
しろいくもが
くもをこえて

ふかいそらが

はなをこえ
くもをこえ
そらをこえ
わたしはいつまでものぼってゆける

はるのひととき
わたしはかみさまと
しずかなはなしをした

（谷川俊太郎『二十億光年の孤独』所収、集英社文庫）

工藤　わたし、お祈りの体験、ないんです。仏教もキリスト教も。

谷川　ぼくは別にキリスト教も仏教も関係なく、お祈りしてましたけどね。

じゃあ、祈る、ってことがない？

工藤　祈るノウハウを知らなかった。たぶんそういうのって、おとなの人が「はい、ここで手を合わせて」とか教えるんじゃないかなあ。父ちゃん、なんにも言ってくれなかったから。

谷川　でも、すごく願うことって、あったんじゃないの？

工藤　死にたくない、です。……というより、死ぬのが怖い、です。

谷川　死ぬのが怖いのを、「死にませんように」って、お祈りしなかった？

工藤　お祈りすることはしなかった。なんとか自分で、死なないようにする方法はないか、必死で考えました。

谷川　ああ、おもしろいね。

キリストになりたい

工藤　死なないでいるなんてだめなんだ、と知ったとき、せめて自分がこの世にいたことを、いちばん長く、いちばん大勢の人に知ってってもらえたら、怖くないんじゃないかと思ったんです。

そのためには、子どものわたしでも知ってる人みたいになればいい、と思ったんです。世界中に知られてる人なら……。

谷川　だれ？

工藤　キリスト。お釈迦《しゃか》さまでもいいはずなのに、なぜかキリストと思った。

谷川　キリストのイメージはどこから出てきたわけ？

工藤　なんだろうね。周りに教会もなかったし、父ちゃん、お祈りもしないし、わからない。でもキリストだったんです。

谷川　それ、すごい野望だよね（笑）。

工藤　すごかった……。親にも、内緒にしてました。子どものころ、おとなに「大きくなったら、なにになる？」と聞かれると、男の子は、陸軍大将か海軍大将、女の子は看護婦さんかお嫁さんだったんです。わたしもそのノリで返事したけど、心の中では、いつかきっとキリストになる、と思ってた。

その野望がだめだと気づいたのは、たぶん小学校二年くらいですね。
谷川　おお、早いね。なんでだめだと思ったの?
工藤　キリストは男だった(笑)。つまり、わたしは女だ、と気がついたんです。それまでは、男も女もよくわかってなかった。
谷川　ああ、小学校二年生までぐらいはね。そこで、マリアに移行した?(笑)
工藤　移行した(笑)。「じゃマリアになる!」って。
谷川　で、マリアになれたんですか?
工藤　それもだめだ、というのはわかりました(笑)。
文を書くというのは、「残す」という行為でしょう? なのに、文は思わなかった。なにか残したい、表現する人間になりたい、と思うはずなのに。……ああ、戦争でぐちゃぐちゃになってたから、それどころじゃなかったのかな。
谷川　我々の世代は、それがありますよね。でも、自分を残せば、死ぬのが怖くない?
工藤　怖くない、という思い方をしてました。

この世にひっかき傷を

谷川　いまでもあるの？
工藤　いや、いまはないです。
谷川　いくつぐらいまであったの？
工藤　二十歳、つまり青春のころまで。この世になにか、ひっかき傷のようなものを残したい、と思ってましたね。
谷川　じゃ、自分がいなくなるのが怖い、ということ？
工藤　怖い。それがいちばんの怖さでした。

もしも

もしもいま　いなくなるとしたら
ここに　こうしている

「わたし」のままで　いたい
もしもいま　いなくなるとしたら
星のように月のように
ほんのり光っていたい

もしもいま　いなくなるとしたら
あちこちを　みまわして
すこし　あわててみたい
もしもいま　いなくなるとしたら
最後に　わけしりぶって
少し笑っていたい

もしもいま　いなくなるとしたら
空にむかって　大地にむかって

呼びかけていたい

あなたに会えてよかった
生まれてきてよかった
あなたに会えてよかった
生まれてきてよかった

（工藤直子『じぶんのための子守歌』所収、ＰＨＰ研究所）

谷川　いなくなったらどんな感じだろう、なんて思わなかった？

工藤　どこにもひっかかりがない、無限の墜落のイメージでした。

谷川　落っこちないで、ふーわふわ浮いていくっていう可能性も、あるんじゃないの？　落ちるのは、この世の世界でしょう、地球に引力があるんだから。あの世はもうちょっと、ふわふわしてるんじゃない？

工藤　ふわふわしてるはずだよね。なんだったんだろうねえ。だからといって悲観的な子じゃなくて、めちゃくちゃ楽観的な子だったんですけどね。
　ただ死についての思いだけはぴったりと、お財布のチャック締めるみたいに、人には見せまいと思ってました。

谷川　その、人には見せまいっていう理由はなんだったんでしょうね。

工藤　見せたらやばいことになる、どうしようもなくなる、っていう感覚でした。
　物心ついて、高校・大学ぐらいになったときに、来迎図《らいごうず》[133]を見たんですよ。そして、藤原道長さまかな？　阿弥陀如来像の指に結びつけた五色の糸を握って死んだなんて話を読んで、いいな、と自分も色糸を握る空想してました。

谷川　それまでに、既成宗教に誘惑を感じたりはしなかった？

工藤　うーん、ないですね。

谷川　全然？

工藤　だって、宗教は、みんなといっしょになにかやることが多いじゃん。

谷川　もちろんそうだけど、我々世代は、学校で、たとえば「宮城《きゅうじょう》[134]拝め」とか「神棚を作れ」とかあったんだけど、それはなかった？

工藤　あ、なかったです。ただ、「教育勅語[135]を暗誦《あんしょう》しなさい」というのはありました。

谷川　それは台湾時代の話？

工藤　台湾時代です、十歳まで。日本には戦後引き揚げました。……そうか、神棚作れ、というのがあったんですか。

谷川　そうそう。基本的に神道ですよね。うちは神棚もなければ仏壇もない。母親は同志社大学で、えせクリスチャン（笑）。ちょっと偽善的なところのある人だったんですよね。父親は戦後、アインシュタインの宇宙感情みたいなことを言ってたから、一種の汎神論的なものだったのかなと思います。だからうちは無宗教なんだけど、母の実家や父の実家に行くと、すごい立派な仏壇がある。愛知県の常滑には、ちゃんと菩提寺《ぼだいじ》もあるし、仏教も根づいていたけれど、そういうのがいやだったの

133　仏教において、阿弥陀如来を信じていれば、臨終の際迎えにきてくれるという信仰が盛んになり、そのさまを描いた図をいう　134　現在の皇居　135　一八九〇（明治二三）年に出された、「教育ニ関スル勅語」。道徳の根本を教え諭す勅語（天皇が直接国民に語る言葉）

かもしれない。
　戦時中に、学校で、家の神棚の話になったら、母があわてて買いにいって、ちいさな神棚を長押《なげし》にパン！と立てた。そこで初めて、ぼくは榊《さかき》という植物を知ったんですよね。
　そんな程度だから、神さまのイメージは、ごちゃまぜ。つまり仏さまもいるし、キリストの神さまもいるし、でもいちばん身近だったのは、ギリシャ・ローマの神さまなんですよ。
　でも、ギリシャ・ローマの神さまにお祈りしたことはない。あれは全然頼りにならない神さまだから（笑）。
工藤　ヘラは嫉妬深いし、ゼウスは女好きだし（笑）。
谷川　あれはダメだったね。台湾には奉安殿《ほうあんでん》[136]はあった？
工藤　はい、小学校[137]にありました。子どもは、気をつけしてお辞儀してから通りぬけることになってました。
谷川　あのころは、バスで宮城の前通っても、お辞儀させられたよ。

工藤　ああ、そうですか。校長先生が訓示を垂れるとき、天皇陛下のお言葉を言うまえに、校長先生が「気をつけ」って言って、「今上《きんじょう》陛下が～」、そして「直れ」って言ってたね。不思議だなと思ってた。

河合隼雄さんとの出会い

工藤　谷川さんは、『魂にメスはいらない』の中で、河合隼雄さんと、魂のことをおふたりで話してらっしゃるけれど、河合さんとお会いになったのは、この本がきっかけですか？

谷川　最初は、テレビ番組で生身の河合さんに会った記憶があります。落語家もいっしょで、三人で写ってる写真が残ってる。なんの話したのか、全然わからないんだけど。

136　御真影（天皇皇后のお写真）と教育勅語を収めるための建物　137　当時、国民学校

工藤　桂枝雀さん？　河合さんは、枝雀さんに「わしよりうまい人やー」と言われたとよくおっしゃってた。

谷川　あ、そう。じゃあ枝雀さんかもしれませんね。

『魂にメスはいらない』は、私の企画ではなくて、正津勉[138]という詩人がレクチャーブックスシリーズの企画者であり編集者だった。彼が全部お膳立てしてくれて、文字起こしもやってくれたんじゃないかな。ぼくは、河合さんがやってらっしゃるようなことを全然知らなかったから、私が生徒になった。あのシリーズは、だいたいそうだったんですよね。

泊まりがけで京都へ行って、話を聞いたんですけどね。それでハマったわけですよ。意識下みたいなことが、頭の中に入りこんできてね。

工藤　わたしは、『魂にメスはいらない』を読んだのが、河合さんと、谷川さんをきちんと知った最初です。

前にも言ったけれど、高校のときの将来の夢が、考古学者、心理学者、美容師だったんです。

谷川　そこがおもしろいね。そのとっ散らかり方が。
工藤　いま思うと、なにかを探したかったのかな、と。心の奥や遺跡を掘って。
谷川　え、美容師ってなに探すの？
工藤　なに探すんだろうね。わかんない。
谷川　美を探すのかな。そういう一種の探究心みたいなもの、明らかにあるもんね。
工藤　この本で、あ、ユングだ、と思って、ユングに関する本を読んだら、とても惹《ひ》かれました。ユングを勉強しなおそうと思ったくらい、おもしろかった。
　わたしが河合さんにお会いしたきっかけは、「てつがくのライオン」です。
谷川　ぼくもあれがいちばん最初の、直子さんの作品ですね。
工藤　おもしろがってくださいました。幸せでした。
　自家版の本で、まだ世の中に出てなかったんですけど、あちこち押し売りしてたら、長新太さんが見つけてくれて、「このライオン描きたいなあ」と思ってくださった。河合さんも、「おもろいテツガクやな」とおもしろがってくれて。それで、あるパーティで出会ったのが最初ですね。

谷川 それから追っかけになったわけ？

工藤 はい。大学に入り直そうかと思ったんですが、教育分析を勧められたんです。でも、結局「やめときなさい」と言われた。

谷川 あの人、我々の商売に対しては、すごい慎重ですよね。

工藤 「書けなくなることもあります」って。「わたし、もうたっぷり書いたし」とかなんとか、うだうだ、ごねたんです。でも、きっぱりと「やめなさい」って。

その代わり、この『こころの天気図』の聞き書きをやらせてくださったんです。ほかにふたり加わって、三人で河合さんを取り囲んで話を聞きました。実におもしろくて、授業をただで聞かせてもらったような感じでした。

河合さんにスリスリ

谷川　河合さんは、どうでもいいところ、いい加減なところがベースにあって、そうじゃないときは、ものすごく集中して、鋭いところがありましたね。抽象的に言うと。

工藤　すごいよ、両極端でいらした。

谷川　だれでも言いますよね、目が笑ってない、って。あの人、つまらないだじゃれを連発してげらげら笑っているときも、なんとなく目は笑っていないという印象があるのね。だからといって、自分が見透かされているというふうには感じなかったけれど。

工藤　わたし、人はスリスリしたくなるかどうかで決めてるんです。河合さんや谷川さんはスリスリしたい。谷川さんには拒否されますけど（笑）。

谷川　拒否しないけど、距離をちゃんと取ってるんですよ（笑）。

工藤　河合さんは、その距離が絶妙で、どう言えばいいんだろう、深いから？　深いような近いような距離。

谷川　その距離は伸縮しますよね。自分の専門でなにかやるときには、ちゃんと適正な距離を保っていて、冗談言ったり、酒飲んでバカ話をしてるときには、全然そんな大学者には見えないものね。

工藤　どこのおじさんや、という感じ。

河合さんがフルートを習い始めたから、「わたしは伴奏します」って、ハープを習った。フルートには似合うでしょう、と言って。

谷川　そうか、それでハープだったわけね。結局二重奏できたんですか。

工藤　河合さんは、どんどんうまくなるのに、わたしは下手だった。でも「和音さえ弾ければよろし」と言われて、♪バラランってやってました。

秘密と真珠

工藤　『こころの天気図』で、忘れられないのは、「秘密」というテーマで話したときです。

谷川　そんなに秘密があったの？

工藤　秘密は、言ってはいけないという思い方をしていた。元気で明るいっていう人生をがんばってやりすぎたのね。

谷川　（低い声で）そんなに人に言えないこと、たくさんやったの？（笑）

工藤　谷川さんにそういうふうに言われると、すごい犯罪者みたいな気になるなあ。でも、つまらないことでも、本人が秘密と思ったら秘密なんだよね。

谷川　もちろんそうですね。

工藤　人さまに公表できないものは、ゴミくずで、心の中にくず籠があるイメージ……汚れた部屋のイメージでした。河合さんは、それをこんなふうに言ってるんです。

「秘密を、みがき砂にたとえましたけど、これは、真珠貝といったほうが、ぴったりしますね。

秘密は、貝の中に投げ込まれた石みたいなものだと言えます。貝（人間）にとっては、石（秘密）は異物だけれども、それを、ずーっと包んでいくことで、真珠ができあがる。石がない人は、真珠もできない、ただの貝。」（『こころの天気図』）

これ、すごくうれしかったんです。自分の中に、人に見せられない、ゴミくずがたまっている感覚があったんですが、それが真珠の素に変わった。

谷川　言葉の力はすごいね。

工藤　すごいです。

谷川　ぼくも、そんなきれいな比喩《ひゆ》ではないけども、人間は秘密を持っていたほうがいい、と言われたのには、すごく救われたっていうか、楽になった。

工藤　そうですよね。それともう一つ、口癖があったでしょう。「二ついいことさてないものよ」、あれもおもしろかった。

「口が二つあったら、ええねんけどなあ」ともおっしゃってましたね。いっぺんに一つのことしか言えないけれど、反対のことをいっしょに言えると、ちょうどいい、って。

よき曖昧《あいまい》

谷川　言語には、そういう性質があって、バイナリーにしか言えないんですよね。つまり、聖俗とか、善悪とか、美醜とか、全部二つに分けないと言えない。そうじゃなく言おうと思うと、詩ならば、分けなくても、ちょっとできるんですよね。

工藤　そうですね。だから曖昧に見えるところには、それが入ってたりする。

谷川　よき曖昧には……ね。

工藤　よき曖昧、っていいですね（笑）。

谷川　詩は全部それだから。よき曖昧なんだから。存在は、そういうものなんですよね。つまり、両面あって、それが一つになっているから、存在。解釈は、どうしても、善悪とか、二つに分けちゃう。男はどちらかというとそれで、女は存在として、尊敬しています。

工藤　佐野さんの「ちょっとねえ」の話、覚えてます？　佐野さんに絵を描き直してほしいとき、男性の編集さんは、どう悪いかを論理的に言うのよ、って。

谷川　ああ、思い出した。

工藤　そういう人は、論理のヤグラを一本ずつ論理的にはずしていくと、がらがらと崩れて、自分の好きなようにできる。ところが、男性で、女性性を持っている人がいて、そういう人は論理性も持ちながら、「ちょっとねえ」って言う、って。それしか言わないから、あわてて自分でどこが悪いのか考えるって。彼女の観察も鋭いよね。でも、洋子さん自身、オヤジみたいなところもあったよね。

谷川　そう。「男を自分好みにする」って、まったくオヤジ的発想だと思った、おれは（笑）。

あの人は、詩が書けない人だったんですよ。そこがおもしろくてね。

工藤　あんなにすばらしい文と文字を書くのに、朗読はヘタだったなあ。いちど電話かかってきて、「こんなの書いたんだけど、聞いてくれる?」って電話の向こうで読みあげるんだけど、もう全然伝わってこなくて……（笑）。

谷川　ねえ。闊達《かったつ》ないい文字を書いていたのにね。

会う

始まりは一冊の絵本とぼやけた写真
やがてある日ふたつの大きな目と
そっけないこんにちは
それからののびのびしたペン書きの文字
私は少しずつあなたに会っていった
あなたの手に触れる前に
魂に触れた

（谷川俊太郎『女に』所収、集英社）

魂はエネルギー

工藤　河合さんをインタビューさせてもらっていたころ、ときどき電車でごいっしょしたりしたんです。そのときに、印象に残っているのは、「最近魂はあると思うてます」っておっしゃったこと。

「どうしてですか」と伺ったら、「人間の寿命は平均八十歳くらいでしょう。で、これだけの経験をして、八十年で人間が消滅するのでは、全然足りないと思う。だから魂は続いてるんじゃないか」と。

谷川　河合さんは、ある時期までは、自分の学問分野で「魂」という言葉を使うのをすごく警戒してましたよね。やっと少し使えるようになったのは、もう晩年でしたね。心理学の学問的な世界では、魂なんて言ったらおしまいよ、みたいなことがあったんだね。

工藤　そうみたいですね。谷川さんは、魂はずっとある、という感じですか。

谷川　うん。

工藤　そういう谷川さんがいて、うれしいなあ。どういうふうに感じてらっしゃるのかなあ。

谷川　どんな感じ、と言われても……。基本的には、若いころは、自分が死んだらなんにもなくなる、すべてなくなる、と思っていた。その「すべてなくなる」ということが、生きてる人間には、よくイメージできないじゃないですか。だから、だんだん年取るにしたがって、なにか残るものがあるかもしれない、魂は残ってるんじゃないか、みたいになってきたんです。

さようなら

私の肝臓さんよ　さようならだ
腎臓さん膵臓《すいぞう》さんともお別れだ
私はこれから死ぬところだが
かたわらに誰もいないから
君らに挨拶《あいさつ》する

長きにわたって私のために働いてくれたが

これでもう君らは自由だ
どこへなりと立ち去るがいい
君らと別れて私もすっかり身軽になる
魂だけのすっぴんだ

心臓さんよ　どきどきはらはら迷惑かけたな
脳髄さんよ　よしないことを考えさせた
目耳口にもちんちんさんにも苦労をかけた
みんなみんな悪く思うな
君らあっての私だったのだから

とは言うものの君ら抜きの未来は明るい
もう私は私に未練がないから
迷わずに私を忘れて

泥に溶けよう空に消えよう
言葉なきものたちの仲間になろう

（谷川俊太郎『私』所収、思潮社）

谷川　ぼくは、初めから死ぬのが割と怖くなかった人なんだけど、いまはだいたい楽しみになってる、というのがいちばん近い。痛くて死ぬのはいやなんだけど、死んだあとに対する好奇心がすごくあってね。それから、科学の力でいろんなことがわかってはきたけれども、どうしてもわからないことも、人間にはあるわけじゃないですか。魂はそういうところに関わっているはずだ、と……。

人間と人間の関係で、ふつうのお付き合いとは全然違うことが起こることがあるでしょう。すごい偶然があった、とかね。そういうときに、魂のエネルギーというものが、人間にはあるんじゃないかな、と思う。具体的な、目に見える形ではないですけれどね。

だからぼくは、魂は、エネルギーだっていうふうに思っていますね。目には見えないけれども、人を動かすエネルギー。

不老不死の怖さ

工藤　もう少し、魂を感じてみたいなあ。

二十歳のころ、ボーヴォワール[139]の『人はすべて死す』[140]という小説を読んだんです。昔あるとき、王宮の王子に不老不死の薬を持ってきた商人がいて「これを一口飲みさえすれば不老不死でございます」と献上したんだって。ほんとうに不老不死かどうか、試しにネズミに薬を飲ませて、キュッと殺してみても生き返る。これは本物だということになって、みんなはビビって「飲みません」と言ってるのに、王子だけは「おれ飲むぞ」とみんなが止めるのも聞かず飲んだんです。

とたんに舞台は、二十世紀のパリ。その男がずっと生きてるという設定です。ボーヴォワールとサルトルの哲学を混ぜて書かれていました。

谷川　ぼくは若いころに『ドリアン・グレイの画像』[141]を読んで感じたのは、いつまでも若いということの恐怖でしたね。死ねないんじゃないか、という……。

ボーヴォワールはサルトル[142]が死んだときに「死は暴力である」って言ったんですよ。死を暴力って考えるなんて、西洋ではこういう人もいるんだ、と思ってびっくりしたんだよね。

我々日本人の、死の基本的な考え方は、土に還る、自然に帰る、でしょう？ 連続してるんですよね。自分がいなくなっても、存在は残っている。土になったり、空気になったり、風になったりしてね。だから新井満さんの「千の風になって[143]」はすごい流行っちゃう。ああいうふうにセンチメンタルになると、ぼくはついていけないんだけど。

139　シモーヌ・ド・ボーヴォワール。作家、哲学者、一九〇八～一九八六年。代表作『第二の性』の「人は女に生まれるのではない、女になるのだ」という一節は有名　140　川口篤、田中敬一共訳、創元社、一九五三年／岩波文庫、一九五九年　141　オスカー・ワイルド著、西村孝次訳、岩波文庫、一九三六年。『ドリアン・グレイの肖像』は福田恒存訳、一九六二年　142　ジャン＝ポール・サルトル。哲学者、一九〇五～一九八〇年　143　アメリカで話題となった詩に、日本語の歌詞をつけた作品

いのち

きのう　雨のなか
濡れたつばさの
飛べないからすが一羽
死んだ

きょう　雨あがり
あかるいはたけの白菜が
葉をのばす

日は昇り　また昇り
また昇り　また昇り
・・・・・・

いのちは
まわっているように思われる

（工藤直子『あいたくて』所収、大日本図書）

工藤　『人はすべて死す』では、現代に生きてる死ねない王子が「ときどき思うんだ」っていうんです。人類がすべていなくなったあと、おれと、いまもどこかに生きているに違いない、ネズミとだけになっているときの恐怖を……。

谷川　ははは、それ、落語みたいな話だね。

工藤　でも、怖かったですよ。

谷川　そりゃ怖いよねえ。永遠に生きてるって、ほんと怖いと思うよ。人間、生きることばかり考えているから、憧れるけど、実際にリアルに考えたらね。

工藤　怖いですね。

谷川　ぼくはそのことを、詩に一言で書きましたよ。「なんという恩寵《おんちょう》／人は／死ねる」。ほんと、そういう感じですよね。

工藤　かっこいい！
谷川　詩だからさ。美辞麗句だからしょうがないの。

そして

夏になれば
また
蟬が鳴く
花火が
記憶の中で
フリーズしている
遠い国は

おぼろだが
宇宙は鼻の先

なんという恩寵
人は
死ねる

そしてという
接続詞だけを
残して

（谷川俊太郎『minimal』所収、思潮社）

工藤　ジタバタしている二十歳のころ、帰省して、父ちゃんとふたりだけの時間があった。寝っころがって雑誌を読んでたら、突然父が「直子、おれやっぱり死ぬの怖いぞ」って言ったんです。

わたし、人は年を取れば、死を受け容れるようになると思っていた。七十歳近い父ちゃんは、もう達観していると思ってたんです。聞こえないふりしちゃったんですけど。とても印象に残ってます。

でもまあ、谷川さんのお父さんと同じように、スコンと死んだから、父ちゃんは、たぶん怖くなかったと思いますけど。

葬式

牛が鳴き　菜の花がひらき
からからと灰が舞い上る
わたしは骨をひとつつまんでみた
——丈夫じゃったんですねえ。勘で
わかりますが、このひとの体は

若いもんのごと丈夫じゃったん
　ですねえ。
火葬場のおじさんはお世辞のように言う
そうだろう　そうだろう
あの朝も元気で釣に出かけたのだから

牛が鳴き　菜の花がひらき
骨はきっちり壺におさまった
父さん
あなたの持っていた思い出は
どうなるのだろうね
竿《さお》に伝わる魚の重みや
小さな孫を抱いた手のひらの感触は
どこへいってしまうのだろうね

最後にあなたをみたとき
胸の上に組んだ指に
少年の頃の傷あとが
そのまま残っていたのだが

（工藤直子『てつがくのライオン』所収、理論社）

谷川　うちの父は八十代かなあ、あまり会話しなかったけれどね、ある日「ぼくはもうすぐ死ぬような気がする」って言ったこと、あったね。

工藤　あ、ほんとう。その予感通りでした？

谷川　ぼく、記憶力が弱いから、覚えていないんですよ。

工藤　わたし、その予感がくるとうれしいなあ、と思ってます。

谷川　そううまく行かないいんじゃない？（笑）

死んでもこの子を守る

谷川　子どもが生まれて変わったりはしなかった？

工藤　それがねえ、あまり変わらなかった。周りの友人で、もう産んだ人とか、身ごもってる人たちが、いろいろ感想を言ってくれるんですよ。身ごもったと思ったとたん、ワーッと母性があふれたとか、おなかの中で動いたときにキュンときたとか。みんな、バッとくるときがあるらしかった。

谷川　ぼくも、男だけどきましたよ。

工藤　そう？　いつ？

谷川　初めて子どもを抱いたとき。全然思いがけなかった。それがなかった？

工藤　うーん。みんなが言ってくれた感じと、ちょっと違った。

谷川　自分でもびっくりしましたよ。死んでもこの子を守る、みたいな気持ちが湧いてきた。それはいままでも続いていて、このあいだなにかのときに「おれ、君が九十歳になったって守るぜ」って言ったら、せせら笑われた。「あんた、そのときいくつ?」って（笑）。

工藤　そら、笑うわ。でもきっと、魂となって守ってるんじゃない？

谷川　それぐらいの気持ちだったんです、初めての子は。でも、二番目の子どもはそれが薄れるね（笑）。写真も少ないしね。

工藤　そうかあ。友だちたちがみんな、つぎつぎに母性がワッとあふれるという体験をしていると聞いて。洋子ちゃんもそうだったんだよね。

谷川　うちの母もそうだった。

工藤　わたし、「おっ、トモダチがきた！」という感じ。あふれる母性を期待したんだけど。

谷川　うーん。期待するのがよくない。

工藤　よくなかったかなあ？

谷川　インテリのよくないところだよね。

工藤　そうか……。とにかく、その母性がこなかった。すごい損したような気になってる（笑）。

谷川　損した、という発想が、もうだめなんだよ。哺乳類じゃないんだね。

工藤　自分が母の味を知らないからじゃないかと……。だから、息子とは、出だしから友人です。

谷川　それは、自分の子どもとか孫に対して、ぼくもすごいよくわかるけれども、本能であって、学習するものじゃないから。その本能が最初から欠けてたんですよ。

工藤　そうだなあ。

谷川　だから、間違って母になった人。それがプラスに働いたのがすごいよね。

工藤　あ、いまのところプラス？

谷川　ぜったいプラスに働いていると思う。

工藤　かわいそうな息子……。

谷川　いや、お母さんにうるさく言われなくて、喜んでると思うよ。だって、おれが佐野さんの恋人になったとき、佐野さんの息子の弦が喜んだんだもの。「これでおれは解放される」って。

工藤　一生懸命な母ちゃんって、ときどき、そんなふうになっちゃうね。

谷川　それを自覚してればいいんだけど。うちの母は自覚していたから、よかったんです。

工藤「なにかあったら、抱きしめるのよ」と友だちたちが言ってるのに、幼い息子と膝つきあわせて談合、みたいなこと、やってましたからね。わたし、それが好きで。息子はどうだったんだろうね。

谷川　子どものほうは、よくわからないんじゃない？　一種の……、生まれながらのデタッチメントだと思う。ぼくも生まれながらのデタッチメントがある人で、それを割と意識してたんだけど、工藤さんはきっと、意識しないで、そうだったんですね。

工藤　そうですね。わたしは子どもが生まれたら、肝っ玉かあさんのようになる、と思いこんでたんです。豪快なお袋。

谷川　うんうん。そういうのに憧れていたでしょ。

工藤　作為的だったかな……。

谷川　人間の「生まれながらにしてあるもの」っておもしろいね。

工藤　ねえ。ほんとにどういうわけか、草や木や虫のほうにすりよって、さっさと擬人化しちゃう傾向がある。その擬人化も、やりすぎかと反省しているんですよ。

谷川　やりすぎ？

工藤　いまごろ言ったってしょうがないか。

谷川　というより、擬人化は歴史的にすごく古いころからあるわけじゃないですか。自分以外の生物を擬人化して理解しようとする。人間の本能みたいなものでね。

工藤　「森羅万象、みんな神さま」とかね。いっか？

谷川　よくない、って言ったらどうするの、これから。

工藤　うん、がんばる。

谷川　がんばってどうするの？

工藤　擬人化なしでやってみるのもどうかなあ。

谷川　あ、いいじゃないですか。

工藤　でも人間のこと書いても、おもしろくない。

谷川　ぼくも、人間にあんまり興味ないからおもしろくない。でも、自然はおもしろいんだよね?

ユートピア

工藤　はい。このあいだ仕事ではなくて、与那国島[144]に行ったんです。いっしょに行ったみんながちりぢりばらばらになって遊んで、わたしは、原っぱにいたんです。近くで、白山羊と黒山羊が草を食べていて、あちこち蝶々が飛んでて、風が吹いていて……、とんでもない幸福感がやってきました。

谷川　それはそうでしょうねえ。

工藤　なんだこれは?と思って。これなんだよなあ、と思った。でも、じゃあそれで今後一生やれるか?と言ったら、そうでもない。

谷川　それはちょっとむずかしいよね。

工藤　あの感覚ってなんだろうって、いまも思ってます。

雲は雲のままに流れ

雲は雲のままに流れ
海は海のままに浮かび
それを見つめる　ひとつの目があれば
地球は　おだやかに　まるくなる

（工藤直子『てつがくのライオン』所収、理論社）

谷川　このあいだ、免疫学者の多田富雄さんの言葉を、紹介しましたよね。「女は存在、男は現象」。だから我々男は、存在に憧れる。だからその、黒山羊さんと白山羊さんを見て、蝶々が飛んでてしあわせ、っていうのは、いちばん基本の姿なん

144　日本の最西端に位置する沖縄の島。台湾に最も近い

じゃない。みんなそれができないから、あくせく働くわけでしょう、とくに男は。それで一生を過ごせたら、ユートピアだと思うけれど、でももしかすると……。

工藤 退屈になる。

谷川 そう。人間の中には、そうじゃない本能があるのかもね。とくに男には。

工藤 だから谷川さん、さくさくと詩を書いておられるんだ。

谷川 それは関係ない(笑)。

工藤 だってもう印税もたまったし、っておっしゃってたじゃない。生活のためには、もう必要ないから、趣味で書いてらっしゃるんでしょう?

谷川 だけどいま、生活がビジネスになってきているんですよ。マネージャーがいないから、ひとりでやるでしょう?

工藤 わたしは、もっとひとりだよ?

谷川 え、どういうふうに?

工藤 全部自分でやってるよ。

谷川 税金の申告も?

工藤　いやいや。それはプロに任せてる。

谷川　ほらみろ（笑）。ひとりでできっこないんだから。

工藤　数字はできっこないや。

谷川　でしょ？　だからそういうことやっていると、詩を書くのが、すごく救いなんですよ。ちょっとでもクリエイティブなことすると、気持ちが休まる。

工藤　そうか、わかる気がする。

谷川　だから事務的なことはだれかに全部任せて、詩だけ書いていたいと思うんだけど、それをやったら、きっと詩は全然おもしろくなくなるだろう、って。こう見えても、いろいろ考えてるんですよ（笑）。

おやおや

一日外で働いて帰ってきたら
詩がすっかり切れていた

ガソリンではないのだから
すぐ満タンという訳にはいかない
落ち着いて待っていれば
そのうちまたどうにかなるだろうと考えたが
気がついてみると私は詩が切れていても平気なのだった

おやおやと思った

（谷川俊太郎『詩に就いて』所収、思潮社）

谷川さんへの詩三編

工藤直子

ふわふわ・一

ひらかな　は　まるい
とんがる　の　へた
ひらかな　の　「しゅん」

ひらかな　は　ふわふわ
きめるの　は　しない
ひらかな　の　「たにかわ」

しゅん・たにかわ
うちゅうの　ふちに　こしかけ
あし　ぶらぶら　させている

ふわふわ・二

「イッショウケンメイヤッタラ
　　　　ウソニナリマス」
という老僧のコトバを　むかし　きいた
「ソウカナ」と　おもった

いきていると　いつもどこからか
このコトバがきこえた
そのたび
「ソウカモシレナイ」と　おもった

八十歳すぎたら
「ソウカモシレナイ」が

「ソウダナ」になった
そろそろ　ふわふわ
と　おもった
たにかわさんは　どうかな？
と　おもった

ふわふわ・三

あたしの
もらったもの　しってるもの　わすれたもの
もうないもの　まだあるもの　ぜんぶつれて
あなたの　そばに　きました

あたしは
なくのかな　わらうかな　おこるかな
こまるかな　それとも　わすれるかな
ふりむくと　あなたは　そら　でした

あなたは
ぼくもういかなきゃなんない

すぐいかなきゃなんない[145]　と
ふわふわ　ふわふわ　しました

あたしも
てんとうむしと　てをつなぎ
ふわふわ　しました

145　谷川俊太郎の詩「さようなら」の一節

対談を終えて

谷川俊太郎

工藤さんは世間話をしない人です。新聞やテレビを賑わせている国内外の大事件、小事件にもあまり関心を示さない。身近な共通の知り合いの噂話なども、ほとんどしません。特に悪口、批判に類する言葉を工藤さんは滅多に口にしない。人間につきものの対立、葛藤《かっとう》、そこから生じるドラマを避ける傾向がある。

むしろ人間にあまり興味を持っていないのではないか、人間なんかどうでもいいのではないかと、そう思わせるところがあります。では、冷たい人なのかと言えば、そうではない。気に入った人に、皮膚感覚で近寄っていくのを見ると、まるで思春期の少女のようにウキウキしています。

私は自分が工藤さんと似たところがあるので（ウキウキは除いて）分かるのですが、工藤さんはお話は書けても、おそらく長編小説は書けない。根気が続かないからではなく、小説に必要な人間関係に対する好奇心が欠けているからだと思います。これは社会を生きる人間の現実認識に関わることですが、逆にそれゆえにこそ工藤さんは（私も）詩が書けているのだとも言えます。

人間にあまり興味がないように見える工藤さんですが、それを補うかのようにさまざまな自然に自分＝人間を託して「のはらうた」を書き続けます。これは八百万《やおよろず》の神々を（腹の底で）おおらかに信じている日本人には、ブッダよりもキリストよりもムハンマドよりも身近で親しみやすい感覚です。工藤さんは汎神論を信奉する新宗教の教祖になる資格が十分にあるのではないでしょうか。

何年か前に工藤さんに会ったら、槍投げのシニアチャンピオンを目指していると言っていました。アイリッシュハープに熱を上げていたこともありました。そのほかにも色々マイブームがあったようですが、長続きするものは私の知る限りなかったようです。この飽きっぽさも工藤さんが創造のエネルギーを常に更新してゆくダイナミズムの一環だと思います。

谷川俊太郎の詩

会う　343
いるか　93
おやおや　365
がいこつ　56
かえる　90
かっぱ　92
枯葉の上　280
こっぷ　81
さようなら　345
死と炎　240
そして　352
台が要る　256
ばか　95
はる　322
ヒグレオシシミつつ　145
微醺をおびて　210
ひとり　41
百歳になって　153
ベートーベン　245
模型飛行機　308

収録詩リスト
（あいうえお順）

工藤直子の詩

あそびましょ　250
いのち　350
おまじない　140
おやすみ　284
雲は雲のままに流れ　363
くるくる　97
しゅっぱつ　275
葬式　354
だっぴ　88
とんねる　50
ねがいごと　312
ひらひら　77
ふうせん　302
ぶらんこ　35
もしも　327
夜なか　157
ライオン　233

対談Ⅰ　二〇〇一・五・五　一三時～@神奈川近代文学館（神奈川県横浜市）
「子どもの本の世界」展文学講座

対談Ⅱ　二〇〇四・一〇・二二　一〇時～@ユープラザうたづ ハーモニーホール（香川県綾歌郡）
木のおもちゃと絵本の店「ウーフ」十五周年イベント

対談Ⅲ　二〇一五・五・三一　一四時～@大岡信ことば館（静岡県三島市）
「『折々のうた』をおもちかえり展」関連イベント

対談Ⅳ　二〇一七・三・二九　一四時～@谷川俊太郎邸（東京都杉並区）

対談Ⅴ　二〇一七・一一・二〇　一四時～@谷川俊太郎邸（東京都杉並区）

＊対談の収録をご快諾いただいた各主催者様に御礼申し上げます（収録順）。
神奈川近代文学館
木のおもちゃと絵本の店「ウーフ」
大岡信ことば館

＊単行本にまとめるにあたって、加筆・訂正をしています。

谷川俊太郎（たにかわしゅんたろう）

一九三一年東京生まれ。一九五二年初めての詩集『二十億光年の孤独』（創元社）刊行。以来、「鉄腕アトム」の主題歌、詩集『ことばあそびうた』（福音館書店）『世間知ラズ』『minimal』（ともに思潮社）、翻訳『マザー・グースのうた』（草思社）、対談『ぼくはこうやって詩を書いてきた　谷川俊太郎、詩と人生を語る』（聞き手・山田馨、ナナロク社）ほか、絵本、エッセイ、脚本、作詞など幅広い分野で活躍。日本レコード大賞作詞賞、読売文学賞、萩原朔太郎賞など、受賞多数。二〇一八年開催の「谷川俊太郎」展（東京オペラシティアートギャラリー）が好評を博す。

工藤直子（くどう なおこ）

一九三五年台湾生まれ。一九八二年初めての詩集『てつがくのライオン』（理論社）刊行、日本児童文学者協会新人賞受賞、童話『ともだちは海のにおい』（理論社）でサンケイ児童出版文化賞受賞。一九八四年より出版の「のはらうた」（童話屋）シリーズは、野原の生きものたちがそれぞれ名前を持ち、詩を書くというスタイルで、多くの読者に愛されている。『のはらうたV』で野間児童文芸賞受賞。絵本『いるじゃん』（松本大洋絵、スイッチ・パブリッシング）のほか、エッセイ、翻訳など。二〇一七年より放映の「書にきく禅語」（NHK Eテレ放映）では詩が朗読されている。

ふわふわ

2018年6月3日 第1刷発行

著者
谷川俊太郎
工藤直子

発行者
新井敏記

発行所
株式会社スイッチ・パブリッシング
〒106-0031　東京都港区西麻布2-21-28
電話　03-5485-2100（代表）
http://www.switch-pub.co.jp

印刷・製本
シナノパブリッシングプレス

本書へのご感想は、info@switch-pub.co.jpにお寄せください。

ISBN978-4-88418-461-2　C0095 Printed in Japan